CB138609

STAR WARS

O LIVRO DE BOBA FETT

Adaptado por Joe Schreiber

Baseado na série criada por Jon Favreau
e escrita por Jon Favreau e Dave Filoni

São Paulo

2023

Disney · Lucasfilm

Grupo Editorial
UNIVERSO DOS LIVROS

Star Wars: The Book of Boba Fett
© & TM 2023 Lucasfilm Ltd. All rights reserved. Published by Disney • Lucasfilm Press, an imprint of Buena Vista Books, Inc.

© 2023 by Universo dos Livros
Todos os direitos reservados e protegidos pela Lei 9.610 de 19/02/1998.
Nenhuma parte deste livro, sem autorização prévia por escrito da editora, poderá ser reproduzida ou transmitida sejam quais forem os meios empregados: eletrônicos, mecânicos, fotográficos, gravação ou quaisquer outros.

Diretor editorial
Luis Matos

Gerente editorial
Marcia Batista

Assistentes editoriais
Letícia Nakamura
Raquel F. Abranches

Tradução
Dante Luiz

Preparação
Jonathan Busato

Revisão
Guilherme Summa
Giovana Sanches

Arte e adaptação de capa
Renato Klisman

Dados Internacionais de Catalogação na Publicação
(CIP (Câmara Brasileira do Livro, SP, Brasil) Angélica Ilacqua CRB-8/7057

S411s

Schreiber, Joe
Star Wars : o livro de Boba Fett / adaptado por Joe Schreiber; baseado na série criada por Jon Favreau e Davi Folini ; tradução de Dante Luiz. -- São Paulo : Universo dos Livros, 2023.
200 p. : il., color.

ISBN 978-65-5609-344-4
Título original: *Star Wars : The Book of Boba Fett*

1. Ficção norte-americana 2. Ficção científica I. Título
II. Favreau, Jon III. Folini, Davi IV. Luiz, Dante

22-6608 CDD 813.6

Universo dos Livros Editora Ltda.
Avenida Ordem e Progresso, 157 – 8º andar – Conj. 803
CEP 01141-030 – Barra Funda – São Paulo/SP
Telefone: (11) 3392-3336
www.universodoslivros.com.br
e-mail: editor@universodoslivros.com.br

Há muito tempo, em uma galáxia muito, muito distante...

UM ESTRANHO
EM UMA TERRA ESTRANHA

UM

O PALÁCIO NÃO ESTAVA VAZIO.

Para qualquer pessoa que ousasse se aventurar na sala do trono que um dia fora ocupada pelo temível Jabba, o Hutt, o grande saguão poderia parecer abandonado. Mas se fossem ainda mais atrevidos e continuassem a entrar no local, passando pelo coreto silencioso e subindo uma das torres superiores, teriam encontrado um tanque de bacta, dentro do qual Boba Fett estava deitado, de olhos fechados, sonhando.

As lembranças de Fett continuavam vívidas. Nelas, ele era um garoto novamente, nas cidades erguidas em palafitas de Kamino, onde tempestades intermináveis castigavam o vasto oceano planetário em uma fúria sem fim de ondas violentas. Fett teve um vislumbre da Arena Petranaki, o luto e a perda que sentiu ao se abaixar para pegar o capacete de Jango, seu pai, que morrera lá, e ver seu próprio rosto refletido no visor.

E, é claro, o poço do sarlacc.

Fora lá que acordou sentindo uma dor agonizante, cercado por uma escuridão conturbada. Arfando, Fett conseguiu ativar o sensor dentro de seu capacete, revelando o trato intestinal pegajoso que o prendia.

As entranhas de um sarlacc formavam uma prisão viva, da qual parecia não haver saída. Ele viu um stormtrooper morto incrustado na parede abdominal cor-de-rosa, já no processo de ser partido pelas enzimas digestivas do sarlacc. Conforme seus pulmões imploravam por ar, Fett se esticou para arrancar o respirador da armadura do stormtrooper e o conectar ao próprio capacete. O fluxo de oxigênio o ajudou a se concentrar, e conseguiu, então, balançar o punho para abrir um buraco no tecido rosa cru, ativando o lança-chamas em seu pulso. Ele podia sentir a criatura se contorcendo enquanto queimava um túnel em direção à liberdade.

Cavando seu caminho até a superfície, Fett lutou contra o peso da exaustão que ameaçava abatê-lo, mas a promessa de ar fresco o manteve determinado, até explodir em direção ao solo escaldante daquele planeta. A boca do poço do sarlacc escancarava-se atrás dele, e, ao seu lado, pode ver os destroços da *Khetanna*, a antiga e gloriosa barca de Jabba, o Hutt, abandonada para enferrujar onde caíra.

Fett estava exausto demais para se importar com tudo aquilo. Coberto de areia e fluidos digestivos, arrastou-se com as mãos e os joelhos em direção à luz dos sóis. Mas já não havia força dentro dele. Acabou caindo de bruços sobre aquela areia cruel, e entregou-se à escuridão.

Escuridão que ainda estava lá quando o rastreador de areia dos Jawas apareceu. Fett continuava inconsciente quando os seres encapuzados se reuniram ao redor dele, tirando-lhe o capacete e despindo-o do foguete e da armadura. Os olhos deles brilhavam com curiosidade enquanto rolavam seu corpo de um lado para o outro, incertos sobre se ainda estava vivo.

Quando Fett finalmente abriu os olhos, os Jawas já haviam encontrado seu rifle. Fett esticou o braço para arrancá-lo de volta, um instinto que só lhe rendeu um rápido golpe na cabeça.

E, mais uma vez, veio a escuridão.

Quatro figuras emergiram das areias sopradas pelo vento, as silhuetas avançando com cautela sobre as dunas em direção ao corpo imóvel. Eram Tuskens com panos enrolados ao redor do rosto, os olhos e as bocas cobertos para se protegerem contra o clima do lugar que há muito tempo consideravam seu.

Cada um deles carregava rifles e brandia bastões gaffi, vigilantes, mas o homem caído não parecia apresentar nenhuma ameaça. Sua pele estava queimada pelo sol, seus lábios ressecados pela exposição ao clima brutal do deserto. Os Tuskens entendiam como aquela terra era selvagem. Se a morte ainda não tomara esse homem, não teria sido por falta de tentativas.

Ainda assim, não podiam correr riscos. Depois de amarrar suas mãos com uma corda, o Povo da Areia se agachou e pingou o líquido de um melão negro na boca do homem, salpicando os lábios rachados com algumas gotas de umidade. O melão negro, e o leite que continha, era a fonte de sua sobrevivência, e eles só o ofereciam quando necessário.

Fett sentiu o líquido chegar em sua garganta, piscou, e começou a se sentar. A primeira coisa que notou foi que sua armadura e capacete tinham sumido, deixando-o exposto. Várias mãos o pegaram ao mesmo tempo, puxando-o bruscamente para que levantasse. Os músculos de suas pernas não pareciam querer cooperar, como se alguém tivesse roubado toda sua força junto com sua armadura. A desidratação o deixara tonto, quase fraco demais para ficar em pé, e a areia surrava seu rosto até arder. Apertando os olhos em direção à distância, conseguiu ver a forma de várias bestas grandes e cobertas de pelo, com chifres curvados e impressionantes – os banthas que levaram os Tuskens até lá.

Um momento depois, a corda foi puxada novamente, e Fett cambaleou, tentando manter-se de pé. Ele percebeu que os Tuskens o estavam puxando por detrás de um dos banthas, forçando-o a acompanhá-los. Sabia que, se caísse, eles não parariam por ele. Tropeçou, quase caindo de joelhos, mas se endireitou e seguiu em frente, os ombros doloridos e os braços estendidos enquanto a corda ao redor de seus pulsos rangia e apertava. Sua cabeça latejava, a visão estava embaçada, e logo percebeu que não conseguiria continuar. Com um grunhido, caiu de cara no chão e rolou de costas, a corda o arrastando pelas dunas enquanto encarava o infinito céu azul.

Quando os Tuskens finalmente pararam, Fett virou a cabeça e viu que tinham chegado no amontoado de tendas de um acampamento. Suas costas latejavam de dor, e seus braços e punhos estavam dormentes pela falta de circulação. Podia ouvir sons à distância, os gritos ásperos da língua Tusken, que se aproximavam dele por todos os lados. Boba Fett não pode deixar de sentir gratidão pela sombra que formaram sobre ele.

Mas a gratidão não durou muito tempo. Acabou abruptamente no momento em que eles o amarraram em um poste sob os sóis flamejantes e permitiram que vários de seus adolescentes o cercassem e espancassem com bastões gaffi. Um membro mais velho da tribo ficou lá, observando enquanto sorvia um melão. Os golpes acabaram com uma bota em sua cara, deixando-o inconsciente mais uma vez.

Já era noite quando Fett acordou. O fogo crepitava ao redor do acampamento, e o ar do deserto estava frio. Outro cativo, um Rodiano de pele vermelha, estava amarrado a um poste ali perto, e um cão de guarda escamoso dormia diante dele. Fett se virou para olhar o Rodiano, que o encarou de volta com uma expressão ilegível. Então, com outro olhar de relance para o massiff reptiliano, Fett começou a puxar as cordas que o prendiam ao poste.

Ao ouvir o som, o cão de guarda ergueu a cabeça para encará-lo e rosnou, levantando-se. Fett puxou as cordas com mais força.

Estava ciente de que o Rodiano observava tudo, como se estivesse esperando para ver o que aconteceria. O massiff estava se movendo em sua direção, rosnando, e Fett conseguia sentir os músculos da besta se enrijecendo, pronta para atacar.

Com um esforço furioso, conseguiu desprender os pulsos do resto das cordas assim que o animal saltou para cima dele. Fett o empurrou contra o chão e deu um soco em sua cabeça com todas as forças que tinha, sentindo o corpo da fera sucumbir abaixo dele. Serrou as cordas que ainda prendiam seus pulsos contra as presas do massiff e se viu, enfim, livre.

Depois de olhar por cima do ombro para ver se alguém havia percebido alguma coisa, Fett voltou sua atenção ao outro prisioneiro.

– Rodiano – disse em tom baixo. – Você quer que eu te liberte?

O Rodiano respondeu em Huttês, alto o suficiente para chamar atenção.

– Fique quieto! – Fett sibilou, mas era tarde demais. Um sentinela Tusken os ouviu e se aproximou com seu bastão. Fett o arrancou de sua mão, mas o grito do sentinela alertou os outros, e Fett já podia ver um grupo deles saindo da escuridão.

Ele sentiu seus instintos de sobrevivência entrando em ação. Ainda agarrado ao bastão gaffi, saiu correndo noite adentro. Podia ouvir o som do cão de guarda avançando pela areia, já se aproximando dele. O animal saltou para cima dele com uma força impressionante, levando-o ao chão e causando-lhe uma súbita onda de dor assim que fincou as presas em sua perna. Fett sacudiu o bastão contra a cabeça do bicho, empurrando-o para trás, e pulou para ficar de pé. O massiff rosnou e rangeu os dentes. Ambos se encaravam. Ao longe, os outros Tuskens se reuniram, atentos.

Passado um segundo, o cão de caça se virou e correu de volta em direção ao Povo da Areia, que continuou à distância, olhando para Fett, como se esperasse para ver o que ele faria em seguida. Fett se ergueu e segurou firme o bastão gaffi, preparado para qualquer impasse. Um membro do grupo se aproximou com sua própria arma em mãos.

Fett e o Tusken circularam um ao outro, lentamente, até Fett avançar com toda sua força. O Tusken bloqueou o ataque com facilidade, atingindo Fett com um golpe no estômago e outro na cabeça. Fett se sacudiu e se lançou contra o Tusken novamente, sem sucesso – seus reflexos eram rápidos como um relâmpago. O Tusken atacou de novo, derrubando o bastão da mão de Fett e deixando-o de joelhos, acabando com a luta com uma enxurrada de ataques rápidos e brutais. Quando ele se virou para ir embora, os outros avançaram para cercar Fett, que de alguma forma conseguiu se erguer pelas mãos e joelhos, apenas para ser derrubado mais uma vez.

As últimas coisas que viu foram os rostos enrolados e os escudos oculares do Povo da Areia o encarando antes de se virarem para ir embora.

DOIS

— ACORDA, CHEFE.

Dentro do tanque de bacta, Boba Fett abriu os olhos para ver Fennec Shand o encarando. A antiga mercenária já estava vestida em seu uniforme preto e portava seu equipamento de proteção, e carregava uma expressão de prontidão no rosto.

Estendendo a mão, Fett apertou um botão, drenando o fluido do tanque.

– Sessão de cura suspensa – disse uma voz automatizada quando a porta do tanque se abriu. Fett removeu o respirador da boca e sentou-se enquanto o droide auxiliar lhe trazia uma túnica. Fennec permaneceu de pé, com os braços cruzados, como se esperasse por ele.

– Os sonhos voltaram – disse ele.

– É hora de ir – respondeu Fennec com sua franqueza habitual. – Estão aguardando para prestar homenagens. – Ela se virou para sair da câmara. – Vou avisá-los que você já está a caminho.

Fett se vestiu, calçou as botas e ficou de pé enquanto os droides o muniam de sua armadura Mandaloriana. Um deles entregou-lhe o capacete, que Fett colocou.

Momentos depois, sentado no trono do pedestal de pedra que um dia fora de Jabba, Fett escutou um delegado Aqualish oferecer, em sua própria língua, uma caixa de fichas de crédito; um tributo para o novo Daimyo de Tatooine. Fett assentiu enquanto ouvia, com Fennec ao seu lado, sempre em silêncio. Quando o Aqualish terminou, passou uma caixa para um droide 8D8 e inclinou a cabeça numa reverência.

Fett se virou para Fennec.

– Você entendeu alguma coisa? – perguntou em voz baixa.

– Acho que estava falando sobre amizade – Fennec tentou adivinhar.

Fett suspirou.

– Precisamos de um droide de protocolo.

– Apresentando Dokk Strassi – 8D8 anunciou. – Líder da família Trandoshana, protetores do centro da cidade e seus territórios comerciais.

– Isso é estranho – Fett murmurou. – Eu já trabalhei para ele.

– Deve ser mais estranho para ele – Fennec respondeu.

Dokk Strassi se aproximou. O Trandoshano tinha pele escamosa e sulcos na testa, e carregava algo peludo e marrom em seus braços que Fett percebeu ser um grande pedaço de pele.

– Mil cumprimentos ao novo Daimyo – disse ele, com uma voz tão sedosa e insinuante quanto Fett se lembrava.

– É uma honra ser recebido em Mos Espa por você, Dokk Strassi – disse Fett.

Os olhos amarelos de Strassi brilharam quando ele se curvou e abriu os braços.

– Que você nunca deixe Mos Espa – disse ele, afastando-se lentamente.

Fett observou Strassi partir.

– Até mesmo elogios soam como ameaça quando ditos por um Trandoshano – disse.

– Apresentando sua excelência, Mok Shaiz – declarou o droide 8D8 –, prefeito de Mos Espa e dos platôs adjacentes.

Mas o Twi'lek que se aproximou do trono de Fett foi rápido o suficiente para corrigir a afirmação.

– O mordomo do prefeito, na verdade – disse o Twi'lek, estendendo as mãos em súplica.

Fennec franziu a testa.

– Nos disseram que o prefeito viria oferecer um tributo.

– Ah, é verdade – o mordomo respondeu. – Sinto muito, de fato é possível tirar essa conclusão pela correspondência.

– Muito bem – disse Fett. – Leve meus agradecimentos e apreciação pelo tributo do prefeito.

– Mais um mal-entendido compreensível – disse o Twi'lek, hesitante. – O, uh, único tributo que trago são as calorosas boas-vindas do prefeito, que apresento em nome dele.

Fennec lançou-lhe um olhar gélido.

– Então você não trouxe o tributo?

– Trouxe as calorosas boas-vindas, e o pesar do prefeito, que teve que se ater a assuntos urgentes.

Fennec levantou-se e deu um passo à frente.

– Se dirigisse essa insolência a Jabba, ele o serviria às feras.

– Mil perdões – o Twi'lek disse, já com as mãos levantadas, recuando.

– Diga ao prefeito que estou aqui agora.

– Na verdade – continuou o Twi'lek –, existe uma outra questão, se me permite.

Fett o encarou, impaciente.

– E qual é?

– A questão do tributo.

– Estou confuso – respondeu Fett.

Fennec se aproximou para sussurrar na orelha dele.

– Ele quer que você pague *a ele*.

– O quê? – disse Fett. – Eu sou o senhor do crime. Ele deve pagar *a mim*.

– Devo matá-lo?

Ambos se viraram para o mordomo, que os encarava de volta com as mãos juntas em frente ao corpo e uma expressão paciente, porém apreensiva no rosto.

– Ele trabalha para o prefeito – Fett respondeu.

– Isso é um não? – indagou Fennec, um tanto desapontada.

Fett suspirou.

– Isso é um não.

Fennec se ergueu para se dirigir ao Twi'lek mais uma vez.

– O Lorde Fett oferece o tributo de seu retorno sem ser molestado.

Tendo claramente não previsto essa resposta em particular, o mordomo fez uma pausa antes de continuar.

– Hum – disse ele. – Perdões e minha gratidão. Já o prefeito pode aceitar de forma diferente, mas devo de fato comunicar sua decisão. – Ele começou a se afastar, então parou e se virou para eles novamente. – Eu não ficaria surpreso se recebessem outra delegação em um futuro próximo.

– Fique de olho nesse aí – disse Fett enquanto observava o Twi'lek partir.

– Eu fico de olho em todo mundo – Fennec respondeu.

– Lorde Fett – 8D8 voltou a falar, e Fett percebeu que o droide havia conduzido dois Gamorreanos até a sala do trono para sua inspeção. Os guardas tinham um feitio suíno, com músculos fortes e pele verde, e estavam algemados com amarras de ferro.

– Esses dois Gamorreanos foram guarda-costas de Jabba, o Hutt – o droide o informou. – E depois de Bib Fortuna. Não se entregaram mesmo após a morte do chefe deles, e foram capturados vivos como um tributo a você, Lorde Fett. Os gritos esganiçados deles levarão uma mensagem perfurante aos potenciais desafiantes ao seu trono.

Pensativo, Fett encarou os dois Gamorreanos. Ambos pareciam resignados com seus destinos.

– Eu não torturo – disse ele, por fim.

– Respeitosamente, Lorde Fett, em Tatooine você deve demonstrar força se quiser ser aceito como um Daimyo.

Fett se levantou, dirigindo-se aos dois prisioneiros.

– Vocês foram leais ao seus dois chefes – disse. – Seriam leais a mim, se eu os poupasse?

Com um grunhido, os Gamorreanos se ajoelharam em frente a ele.

Fennec olhou para Fett e sacudiu a cabeça.

– Não é uma boa ideia – murmurou.

TRÊS

A CIDADE DE MOS ESPA ERA UMA TEIA FERVIlhante de ruas e bairros construídos dentro de uma vasta cratera. Perto do centro, uma torre se erguia como um pináculo central, no qual toda energia e ímpeto da cidade pareciam orbitar.

Em meio a isso, Fett e Fennec desceram a rua lado a lado com os guardas Gamorreanos atrás deles. Ao passarem por vendedores e pedestres, civis e droides movimentando-se em todas as direções, Fennec se virou para Fett.

– Devia ter deixado eles te carregarem em uma liteira.

Fett balançou a cabeça.

– Eu não vou ser carregado pelas ruas como um nobre inútil.

– É um sinal de poder para o povo de Mos Espa. Estão acostumados com os Hutt desfilando pelas ruas. As coisas serão mais tranquilas se aceitar os modos deles.

Fett não respondeu. Estavam se aproximando de um luxuoso estabelecimento no fim da rua e, assim que entraram, começou a ouvir músicos tocando em um ritmo acelerado. No coreto, Max Rebo e um músico Bith tocavam para uma animada clientela reunida ao redor do bar e em frente às mesas de jogos. Quando Fett e Fennec pararam para remover seus capacetes e descer as escadas, um droide de serviço passou rolando com uma bandeja de coquetéis coloridos, assoviando um convite hospitaleiro.

– Não, não viemos beber. Temos negócios com Garsa Fwip.

Uivos de alegria eclodiram de uma das mesas quando um jogador sortudo recolheu seus ganhos.

– Parece que os negócios vão bem – Fett observou.

Dois Twi'lek da cantina – um de pele verde, o outro de pele amarela – aproximaram-se deles.

– Querem que revisem seus capacetes enquanto esperam por Madame Garsa?

– Não – respondeu Fennec.

– Claro – disse Fett. – Dê aqui. Leve os dois. – Olhou de soslaio para Fennec, decidindo relembrá-la do que ela mesma havia dito lá fora. – As coisas serão mais tranquilas se aceitar os modos deles.

Logo em seguida, a própria Madame Garsa deslizou do outro lado da sala até ali. Era uma mulher Twi'lek muito elegante, com pele dourada e joias luxuosas adornando seus lekku. Ela se aproximou deles com um ar gracioso e imperturbável.

– Bem-vindos ao nosso Santuário. Gostariam de participar de nossas diversas atividades?

– Quem sabe depois – respondeu Fett. – Viemos falar de negócios.

– Ah, então vamos aos negócios. Gostariam que seus Gamorreanos fossem limpos e alimentados enquanto falamos?

– Não, não iremos demorar – disse Fett. – Podemos falar aqui – ele olhou para Fennec. – Essa é minha mestra assassina, Fennec Shand. Eu sou Boba Fett. Substituindo Bib Fortuna.

– Perdão, eu não vi sua liteira.

– Eu não usei uma liteira – disse Fett. – Sei andar com meus próprios pés.

Ela não conseguiu segurar uma risada.

– Me perdoe.

– Só estou aqui para me apresentar – disse Fett. – E para garantir que seu negócio vai continuar a prosperar sob meu olhar cauteloso.

Os olhos de Garsa brilharam com a promessa, e um leve sorriso tocou os cantos de seus lábios.

– Bom, eu agradeço, Lorde Fett. E obrigada pela apresentação tão graciosa. E por fazer essa longa caminhada para conhecer nosso estabelecimento. É nossa pequena fatia do paraíso. – Ainda sorrindo, ela estendeu a mão para roçar os dedos sobre o braço dele. – E você sempre será bem-vindo aqui, já que é seu agora.

Quando ela se virou para sair, um dos anfitriões Twi'lek se aproximou com seus capacetes. Olhando para baixo, Fett percebeu que o seu estava cheio de créditos.

– Huh. – Fennec olhou para as moedas dentro do capacete dele e depois para o próprio. – O seu está mais brilhante que o meu.

QUANDO ELES VOLTARAM PARA A LUZ DO DIA, FETT SE VIROU PARA inspecionar o próspero cruzamento em frente a eles.

– Jabba tinha muitos vassalos. Temos muito terreno a cobrir se quisermos manter o império dele intacto.

– Eu posso fazer isso sem você – disse Fennec. – Jabba raramente deixava a câmara dele.

– Jabba comandou usando o medo. Eu pretendo comandar com o respeito.

Fennec ficou em silêncio por um momento, como se estivesse considerando a resposta. Então, disse:

– Se me permite...

– Fale à vontade.

– Em tempos difíceis, o medo é a aposta certa.

Um instante depois, como para ilustrar o ponto dela, um vulto vestido de vermelho saltou do telhado para pousar diretamente em frente a eles. Em segundos, outros apareceram, o grupo se aproximando de Fett e Fennec com um ar visível de ameaça. Os assassinos usavam máscaras parciais e armaduras, empunhando lanças de plasma e escudos de energia. Colocando os escudos lado a lado, os agressores de vermelho criaram uma barreira ao redor de Fett e Fennec.

Cercados, eles ficaram na defensiva. Fett esticou o braço, disparando o lança-chamas, mas o fogo foi bloqueado pelos escudos, lançando-o para trás e fazendo-o deixar cair o capacete cheio de moedas. Jawas nas proximidades e vários transeuntes correram para recolher os créditos derramados pelo chão.

Ao mesmo tempo, os emboscadores avançaram, atacando-os entre as barreiras de seus escudos. Fett sentiu uma pontada aguda de dor quando uma das lanças cortou seu braço. Ele a afastou com um golpe e observou os escudos se aproximarem, formando uma parede da qual não havia escapatória. Ele e Fennec trocaram olhares; então, ela saltou para cima, impulsionando o corpo para dar um chute acrobático no escudo mais próximo, apenas para cair mais uma vez.

De trás deles veio um gemido, e Fett olhou ao redor até ver os guarda-costas Gamorreanos avançando com armas na mão. Um deles atingiu um dos emboscadores com uma lâmina semelhante a um machado, permitindo que Fett e Fennec se libertassem. Fennec se desviou de um dos ataques, agarrando a lança do inimigo e atingindo-o com ela. Girando, atacou outro com um rápido chute no rosto.

De joelhos, Fett agarrou a lança investida contra ele, segurando-a com tanta ferocidade que a arma estalou de eletricidade, e levantou-se para dar uma série decisiva de socos e golpes que deixaram seu agressor inconsciente. Os Gamorreanos foram em frente e deram os golpes finais contra os três assassinos restantes, lançando-os contra as paredes de onde tinham vindo.

Fett apontou seu foguete de pulso para um deles, atirando e desintegrando o agressor junto com parte de uma varanda atrás dele. Movendo-se como um borrão, Fennec vestiu seu capacete e saltou pelos muros para ir atrás dos emboscadores que restaram.

– Fennec – Fett disse, e ela se virou para ele. – Quero-os vivos.

Os dois Gamorreanos se ajoelharam para ajudá-lo a se levantar.

– Levem-me ao tanque de bacta.

Os dois assassinos correram sobre os telhados, saltando pelos espaços abertos com agilidade. Atrás deles, Fennec os perseguia, girando em torno de um tubo de ventilação. Um dos assassinos atirou uma lâmina estrelada na direção dela, que conseguiu desviar e pulou para trás, fora da vista deles.

Os assassinos fugiram na direção oposta, pulando de um prédio a outro, só para encontrar Fennec esperando por eles com punhos em riste, pronta para lutar. Pegos de surpresa, eles pararam e ativaram suas lanças, mas, sem os escudos para se protegerem, já não tinham mais vantagem. Indo ao ataque, Fennec desarmou os dois assassinos com uma série de chutes e pancadas que os deixaram de costas para a beira do telhado enquanto ela segurava uma de suas lanças.

Por um segundo, ninguém se mexeu. Então, ela chutou um dos assassinos da beirada e apontou a lança contra o peito do assassino que restava. Os olhos dele se arregalaram, num misto de admiração e medo.

Mesmo depois de tantas batalhas, Fennec Shand nunca se cansava de receber aquele olhar.

QUATRO

De volta ao palácio, os Gamorreanos carregaram um Boba Fett ferido até a câmara que continha seu tanque de bacta, onde cuidadosamente o colocaram. Um deles inseriu o aparelho respiratório na boca de Fett e começou a encher o tanque com o fluido que curaria seus ferimentos.

Os efeitos calmantes do bacta começaram assim que o tanque se fechou. Ele fechou os olhos, permitindo-se divagar até que as visões começassem mais uma vez.

Em suas lembranças, estava de volta entre os Tuskens, amarrado a um poste no deserto, sob um sol implacável. Um jovem Tusken o cutucava com uma bengala, como se o estivesse forçando a reconhecer a situação em que se encontrava. Fett estremeceu com o golpe. Como antes, a dor era intensamente familiar; de alguma forma, os ferimentos pareciam nunca ter cicatrizado. Estavam se tornando parte dele, permanentes como suas cicatrizes.

Ele olhou para a esquerda, onde o Rodiano de pele vermelha ainda estava amarrado ao outro poste. O jovem Tusken se curvou para desamarrá-lo e puxou a corda ao redor dos pulsos de Fett, incitando-o a ficar de pé. Lentamente, e ciente de cada pontada de dor que ainda sentia das últimas surras, Fett conseguiu se levantar e seguiu seu jovem carcereiro pelo acampamento, seu tornozelo algemado ao do Rodiano que o seguia enquanto o Tusken os levava para o deserto aberto.

E agora?, ele se perguntou enquanto a corrente chacoalhava e tinia embaixo dele. Estava quente, e as dunas continuavam infinitamente enquanto o jovem Tusken os guiava. Um dos massiffs os seguia, talvez esperando por uma refeição extra em algum momento, caso um dos prisioneiros tivesse o azar de desmaiar no meio do caminho.

Então, de longe Fett viu o que parecia ser fumaça no horizonte, o que também chamou a atenção do Tusken. Seria aquele o destino final? À medida que se aproximavam, Fett, o Rodiano e o Tusken se agacharam para espiar o que esperava além das dunas.

A fumaça estava subindo de uma casa abobadada à distância. Olhando mais de perto, Fett percebeu a presença de speeder bikes, uma fonte e várias pessoas andando de um lado para o outro. Alguém carregava um homem sem camisa a céu aberto. Logo ficou óbvio que aquela era a casa do homem, e que os invasores tinham vindo para pegar o que bem entendessem.

Depois de um tempo observando, Fett percebeu que os invasores eram Red Niktos – havia chifres brotando de suas peles. Um deles chutou o antigo proprietário do lugar, deixando-o inconsciente, enquanto outro pintava suas insígnias nas paredes da casa. Assim que acabaram, subiram em suas bikes e partiram deserto adentro.

Quando já estavam fora de vista, o jovem Tusken se levantou e puxou a corda de novo. Continuaram andando, os passos parecendo intermináveis e sem direção sob o imutável horizonte, até finalmente pararem. O Tusken se virou para eles e gesticulou com o bastão, falando em sua língua.

O Rodiano caiu de joelhos, e Fett encarou o Tusken.

– O quê? – disse. – O que você quer que eu faça?

O Tusken grunhiu e gesticulou com os braços, como se cavasse no ar.

– Cavar? – Fett perguntou. – Quer que eu cave?

O Tusken grunhiu e enfiou a mão na mochila, puxando para fora uma cabaça.

– Cavar por isso? – disse Fett. Quando o Tusken trouxe a cabaça em direção à boca, Fett finalmente compreendeu. – Água. Você quer que eu cave para encontrar *água*.

Com a respiração pesada, Fett caiu de joelhos, enfiou as mãos na areia quente e começou a cavar. O Rodiano também cavou ao seu lado e, um momento depois, com um grito de sucesso, ergueu o que havia encontrado. O Tusken tirou das mãos dele enquanto Fett continuava a cavar. Com a sensação de que estava sendo observado, olhou para cima só para dar de cara com o massiff, que o encarava de volta com os espinhos das costas apontados em direção ao céu.

– Sem ressentimentos, amigo – disse Fett, e a fera rosnou em resposta.

Eles continuaram cavando. Depois de um tempo, o Rodiano encontrou um melão e o levantou para o alto. Fett sacudiu a cabeça e continuou arranhando a areia. Estava começando a acreditar que nunca acharia nada até seus dedos encontrarem a forma arredondada de outro melão negro.

Fett levou o melão em direção aos lábios, a boca seca buscando o líquido interior. Ainda estava bebendo quando o Tusken gritou com raiva e correu na direção dele com o bastão empunhado.

Fett ergueu a mão e pegou o bastão no meio do ar.

– Calma, pequenino – ele avisou. – Preciso de água.

O Tusken deu um passo para trás, grunhiu e então estendeu a mão, esperando. Fett entregou o melão, relutante, parte do líquido respingando na areia.

– Estou com sede – disse Fett.

Encarando-o, o Tusken segurou o melão na altura dos ombros e o virou para o lado, deixando que o líquido derramasse em frente a ele, e Fett lhe lançou um olhar incrédulo enquanto o massiff se aproximava para beber. Acima de suas cabeças, os sóis gêmeos de Tatooine continuavam a brilhar impiedosamente.

Mais tarde, o Tusken adormeceu ao lado de seu cão de guarda, enquanto Fett e o Rodiano continuavam a cavar. Fett se virou para seu colega de cativeiro, ainda amarrado a ele pelas correntes.

– Poderíamos ter escapado se não fizesse um escândalo – disse.

O Rodiano não respondeu, apenas virou as costas e continuou a cavar.

– Se deixasse seu focinho fechado – continuou Fett –, chegaríamos em Anchorhead. Sairíamos do planeta. – Com a raiva subindo em seu peito, Fett segurou a corrente entre eles e a sacudiu. – Também poderia te estrangular com essa corrente e dar a sua perna para o cão de guarda.

O Rodiano sentou e se virou para Fett, cuspindo-lhe algo em sua própria língua.

– Ah, *isso* você entendeu, não é? – sibilou Fett. – Fale baixo. Quieto.

O Rodiano voltou a cavar e, um momento mais tarde, descobriu as saliências duras de algo muito maior que um melão. Cavou mais rápido, tirando o pó e removendo a areia para revelar uma enorme couraça enterrada; uma grande forma bifurcada coberta de pele escamosa. Ainda estava olhando para ela quando a forma irrompeu da superfície; as garras enormes de uma criatura que surgiu furiosamente na luz do dia para revelar dois conjuntos de braços saindo de seu torso maciço.

Fett ficou boquiaberto enquanto a criatura da areia se elevava sobre eles. A fera jogou a cabeça para trás e emitiu um primitivo urro de fúria. Então, lançou-se para cima do Rodiano e o agarrou em uma de suas garras. Dando um passo para trás, Fett percebeu de imediato que ainda estava acorrentado ao Rodiano, e não havia meios de escapar – ele e seu companheiro de prisão estavam fadados a compartilhar o mesmo destino. A fera agarrou Fett pela corrente, sacudindo-o no ar de cabeça para baixo. Ele sentiu o sangue descer até a cabeça, a sensação se misturando ao choque, à adrenalina e ao calor insuportável, fazendo tudo parecer ainda mais irreal.

Atrás dele, o cão de guarda do Tusken pulou para atacar a outra criatura, fincando suas garras nela. A fera jogou o massiff para longe sem nenhum esforço, e voltou sua atenção para o Rodiano mais uma vez. Com os braços superiores, mergulhou-o brutalmente para dentro da areia, enterrando-o vivo.

O Tusken correu em direção à criatura, atacando-a nos pés, o que não causou nada além de irritação na fera. Empurrando Fett para o lado, a criatura ergueu seu enorme corpo e começou a atacar o Tusken, que arrastou-se freneticamente para trás de costas na areia enquanto o monstro avançava, diminuindo a distância entre eles em segundos. Agarrou a perna do menino, levantando-o e abrindo a boca para expor presas tortas e afiadas.

Por trás, Fett pulou nas costas da coisa, enrolando a corrente em seu pescoço. Agarrou-se nos ombros da fera e a estrangulou com toda força que tinha. Urrando, a fera arqueou as costas e tentou arrancá-lo de cima de si, mas Fett puxou a corrente ainda mais fundo, torcendo-a até o corpo da coisa ceder e cair sem vida no chão.

Quando Fett levantou os olhos, o menino Tusken olhava para ele. Fett se levantou, as correntes ainda em suas mãos, e o jovem o encarou, um tácito sentimento de compreensão formando-se entre eles. Limpando o suor da testa, Fett ergueu a corrente do pescoço da fera.

Antes de partirem, ainda havia mais uma coisa para fazer.

MAIS TARDE, DE VOLTA AO ACAMPAMENTO, OS TUSKENS ERGUERAM SUAS cabeças para olhar as duas figuras que se aproximavam. Uma delas era o garoto Tusken, gritando de felicidade a plenos pulmões enquanto entrava no acampamento com a cabeça decepada da criatura da areia.

Atrás dele, carregando as correntes que havia usado pelo deserto, estava Boba Fett, com o cão de guarda trotando ao seu lado. Ele sorriu enquanto o garoto mostrava seu troféu de batalha para os companheiros, deleitando-se com a vitória contra o monstro enquanto o acampamento inteiro o cercava de elogios.

Fett percebeu que o líder Tusken do acampamento estava de pé ao lado dele, também assistindo à comemoração. Sem falar nada, o líder ergueu o melão que carregava consigo e entregou-o a Fett.

Boba Fett o pegou entre as mãos e bebeu.

AS TRIBOS DE TATOOINE

CINCO

— **Quem o enviou? — Fett perguntou.**

Ele estava sentado na sala do trono depois de seu descanso habitual no tanque de bacta, com os olhos virados para o último dos assassinos que os emboscou nas ruas de Mos Espa. Conforme pediu, Fennec o trouxera vivo.

– Quais eram suas ordens? Fale, prisioneiro.

O assassino, orgulhoso, permaneceu em silêncio.

– Bom – disse Fett. – Se ele não vai falar, não vai precisar da cabeça.

– Pode ser que ele tema o rancor – disse Fennec.

O alçapão se abriu sob o assassino, mergulhando-o na escuridão.

– Fui enviado pelo prefeito! – ele gritou. – Deixem-me sair!

– Está vazio – disse Fennec em um tom sarcástico. – Assassino do Vento Noturno.

Fennec virou-se para Fett.

– Devemos visitar o prefeito?

Eles levaram consigo o prisioneiro acorrentado, seguindo pelo meio da rua de Mos Espa até o escritório do prefeito, localizado em um prédio branco e notável no fim da rua, o proeminente ponto focal da interseção. Fett e Fennec subiram os degraus de pedra que levavam à entrada de azulejos e entraram no interior fresco do saguão. Havia uma longa escrivaninha de recepção, com um recepcionista vestindo túnica branca e chapéu preto. Fennec puxou a corrente presa ao assassino, forçando-o a se ajoelhar diante da mesa enquanto Fett falava com o recepcionista.

– Eu sou Boba Fett. Estou aqui para ver o prefeito.

O recepcionista o olhou por um momento.

– Boba... Fett – repetiu, pensativo, como se tentasse encontrar algum significado para o nome, e checou a tela à sua frente. – Hã... você tem hora marcada?

– Achei um dos bichinhos dele perdido – disse Fett, indicando o assassino. – Vim devolvê-lo ao seu mestre.

O recepcionista checou a tela mais uma vez.

– Olha, pelo que estou vendo, seu nome não está na lista, então vai ter que...

– Peço perdão pela falta de pompa por sua chegada – o mordomo Twi'lek do prefeito interrompeu ao chegar e assumir o controle da conversa, oferecendo o mesmo sorriso obsequioso que tivera ao visitar a sala do trono de Fett. – Mas não vi sua liteira chegando. – Quando viu que Fett não responderia, ele continuou. – Entretanto, lamento informar que o prefeito estará indisposto até o fim de semana, e há...

Sem dizer uma palavra, Fett e Fennec atravessaram a recepção.

– Essa área aqui é restrita – o mordomo disse enquanto Fett apertava o teclado que ativava a porta até a câmara interna. – Não, o senhor não deveria... O senhor faria a gentileza...

A porta se abriu com um bipe, e Fett e Fennec entraram com o prisioneiro. O mordomo seguiu atrás, ainda falando enquanto se aproximavam do prefeito, Mok Shaiz. Como todos de sua espécie, o Ithoriano tinha um pescoço longo e curvo, e seus olhos os acompanharam com cautela em seu rosto em forma de T.

– Sinto muito – disse o mordomo. – Sinto muitíssimo, Vossa Eminência.

Mok Shaiz os encarou, falando em Ithorez pelas duas bocas em cada lateral de seu pescoço enquanto um aparelho traduzia suas palavras para o Básico.

– Quem é este que entra sem ser anunciado?

– Você sabe muito bem quem sou – disse Fett.

– É o novo Daimyo, Boba Fett, Vossa Eminência – disse o mordomo.

– Se não sabe quem sou – indagou Fett, puxando as correntes do prisioneiro até fazê-lo cair no chão –, por que enviou esse homem para me assassinar?

– Posso garantir que o prefeito não teve nada a ver com...

– Ele é um membro da Ordem do Vento Noturno – disse Mok Shaiz.

– Ah – disse Fett. – Então você admite.

Shaiz gesticulou para um dos guardas de pé perto da parede oposta, que imediatamente pegou seu rifle e atirou no assassino, derrubando-o no chão. Por instinto, Fett e Fennec ergueram suas armas, apontando-as para o guarda, que agora os mantinha na mira. O corpo do assassino ficou imóvel no chão.

– A Ordem do Vento Noturno não pode operar fora dos territórios dos Hutt – disse Shaiz, cruzando as mãos. – Obrigado por entregá-lo. – Dirigindo-se para seu mordomo, continuou: – Dê a recompensa a esse homem.

– Não sou um caçador de recompensas – disse Fett.

– Verdade? – O prefeito parecia incerto. – Não é o que ouvi. Sei que você se senta no trono de seu antigo empregador.

– Bib Fortuna não era meu empregador.

– O trono era de Jabba, o Hutt.

– Sim – disse Fett. – E agora é meu. – Ele cruzou os braços, abaixando as armas. – Pegarei esse pagamento no lugar daquele que não me levou como tributo. – Ele esperou enquanto o mordomo Twi'lek levava um pequeno saco de créditos até a mão de Fennec. – Lembre-se. Vocês só servem até quando o Daimyo de Tatooine determinar.

Ele se virou para ir embora.

– Antes de me ameaçar – disse Shaiz –, você deveria se perguntar quem realmente enviou o Vento Noturno.

Fett parou e se virou para ele.

– Eu não tenho motivo – continuou Shaiz. – Como você disse, eu sirvo à sua vontade.

– Eu não sou um tolo, Mok Shaiz – disse Fett. – E aqueles que achavam isso já não estão mais respirando.

O prefeito piscou para ele, os olhos escuros e úmidos brilhando.

– Este é o tributo que ofereço: um conselho. Comandar uma família é muito mais complicado do que caçar recompensas.

– É mesmo?

– Vá até o Santuário de Garsa – sugeriu o prefeito. – Você vai ver do que estou falando.

SEIS

O SANTUÁRIO ESTAVA TÃO LOTADO QUANTO FETT lembrava, cheio de droides e patronos ocupados perseguindo os mais diversos tipos de prazeres. Música tocava ao fundo, junto com a conversa casual de clientes fazendo apostas. Removendo seu capacete, Fett percebeu que Garsa estava olhando para ele.

– Ah, mas que surpresa – disse Garsa, um tanto seca enquanto se aproximava. – Obrigada por nos honrar com sua presença, senhor Fett. Por favor, fique à vontade, verei se consigo liberar uma mesa para o senhor. Gostaria de uma bebida enquanto resolvo isso?

– O que está acontecendo? – perguntou Fett.

– O que o senhor quer dizer? – indagou Garsa.

– O Prefeito Mok Shaiz me enviou como se houvesse algo que eu devesse saber. E você está suando como um gumpta em Mustafar.

Ela ergueu uma sobrancelha.

– Então não ouviu?

– Ouvi o quê?

– Os Gêmeos reclamaram a posse do que pertencia ao primo deles – disse Garsa.

– Os Gêmeos estão ocupados demais com a devassidão de Hutta – disse Fett – para se aborrecerem com qualquer assunto em Tatooine.

Mas ele já podia ouvir – ao longe, um tambor começou a soar, seu baque constante e ameaçador como a pulsação de alguma grande criatura. De repente, a música do Santuário silenciou, seguida por toda a conversa, enquanto os clientes voltavam a atenção para o que vinha da rua.

Fett virou-se para a porta. A batida do tambor foi crescendo cada vez mais. Ele subiu as escadas, colocando de volta o capacete, e saiu, seguido por Fennec.

– Me dê cobertura – ele disse com um tom calmo.

Ela assentiu, empunhando o rifle enquanto entravam no cruzamento, com os Gamorreanos atrás deles. Fett já conseguia ver a procissão surgindo. Uma equipe de uma dúzia de servos se aproximava, com um deles batendo um tambor enquanto os outros carregavam uma liteira.

Fett parou e esperou que chegassem. Ele viu, em cima da liteira, dois Hutts: um irmão e uma irmã. Os Gêmeos estavam reclinados e olhando para a rua abaixo, o peso de ambos fazendo a liteira quase ceder. A Hutt fêmea se abanou enquanto seu irmão se dirigia a Fett em Huttês:

– Boba Fett. Precisamos discutir negócios.

– Este território é meu – Fett respondeu na língua deles.

– Este é o território de *Jabba* – o irmão disse enquanto um dos servos apresentava um holograma estabelecendo a reivindicação dos Hutts a Tatooine –, e agora é nosso.

– Não me importa o que o holograma diz – Fett continuou em Básico. – Estamos em Mos Espa, e sou o Daimyo aqui.

– Oh – o irmão exclamou, enquanto usava um hoojib branco e peludo para enxugar o suor dos rolos de carne de seu pescoço. – É mesmo?

Ele riu, e ouviu-se um rosnado por trás da procissão. Fett olhou para ver um Wookiee de pelos pretos vestindo uma armadura de combate cravada de espinhos e segurando um rifle blaster caminhando em direção a ele. Fett o reconheceu; era Krrsantan, um caçador de recompensas que havia aprimorado suas habilidades nas arenas de combate. Os caminhos de ambos já haviam se cruzado antes.

– Você pode trazer quantos gladiadores quiser – disse Fett aos Hutts. – Mas não estamos nos poços mortais de Duur, e não sou um guarda Trandoshano sonolento. Este território é meu. Volte para Nal Hutta.

A irmã Hutt, que continuava se abanando, sussurrou algo para seu irmão. Este, por sua vez, voltou sua atenção a Fett.

– Você chateou minha irmã – disse ele. – Sou o mais paciente dos dois. Ela acha que deveríamos matá-lo.

Com a ameaça, Fett ouviu Fennec ativar o rifle, preparada para o que viesse, mas ele manteve tanto a voz quanto a arma abaixadas.

– O seu primo Jabba está morto – disse Fett. – Aquele seu mordomo covarde usurpou o território dele, então eu o matei. Tudo que era dele pertence a mim agora. – Ele pausou, observando os Gêmeos para ter certeza que estavam prestando atenção nele. – Mas sua irmã está certa. Para me tirar daqui, terá que me matar.

A tensão era palpável. Todos na rua haviam parado para assistir à discussão, e, enquanto todos esperavam para ver o que aconteceria em seguida, a fêmea Hutt voltou a sussurrar para seu irmão. Enfim, ele estendeu a mão:

– Derramamento de sangue é ruim para os negócios – disse ele. – Podemos resolver isso depois. Durma bem, caçador de recompensas. – Ele fez um sinal, e o servo com o tambor voltou a tocar no mesmo ritmo de antes, a liteira sendo virada lentamente para se afastar. Depois de uns segundos, o gladiador Wookiee rosnou de novo e se virou para segui-los, enquanto a multidão continuava a assistir.

Fett removeu o capacete, vendo a procissão desaparecer de vista.

– Eles são Hutts – disse Fennec. – Vamos precisar de permissão para matá-los.

– Talvez esteja tudo bem – disse Fett.

– Você acha mesmo?

Fett suspirou.

– Não.

SETE

NAQUELA NOITE, FLUTUANDO NO TANQUE DE bacta, Boba Fett voltou a curar seu corpo enquanto, em pensamento, era levado de volta ao passado.

Após o incidente com a criatura de areia, seu relacionamento com os Tuskens mudou. Embora eles não o tratassem como um igual, havia uma certa solenidade na posição que começou a ter entre eles. Passado um tempo, num fim de tarde, uma Tusken começou a treiná-lo em como empunhar um bastão gaffi.

A guerreira demonstrou uma boa técnica para segurar o bastão, e então deu um passo à frente para enfrentá-lo. Fett tentou imitar os movimentos de sua oponente, mas logo foi desarmado. A Tusken ainda lhe deu um tapa, e gritou com ele em sua língua.

– *Estou* segurando do mesmo jeito que você! – retrucou Fett, com raiva.

A Tusken sacudiu a cabeça, resmungou mais alguma coisa, e então reergueu o próprio bastão, atacando-o com uma série de movimentos rápidos antes de derrubar o bastão de Fett mais uma vez. Com a arma na areia, a Tusken apontou para Fett recuperá-la.

Ele lhe devolveu um olhar furioso e pegou o bastão de volta. Com a arma em mãos, encarou a guerreira, respirou fundo e disse:

— Me mostre.

A tarde foi passando e as aulas continuaram. Passado um tempo, Fett percebeu que o bastão gaffi já estava começando a se tornar familiar para ele. Conseguia ajustá-lo bem entre as mãos, de forma que fazia parecer ser menos uma arma e mais uma extensão de si mesmo enquanto desviava os movimentos da guerreira com mais precisão do que na vez anterior.

Um grupo de Tuskens parou para observar o treino, junto com seus cães de guarda, um dos quais conseguiu despertar um worrt das areias do deserto. O quadrúpede de boca larga correu enquanto o massiff o perseguia, e quando chegou ao topo da duna seguinte, um dos Tuskens ergueu seu rifle e disparou, acertando-o em cheio. Os outros Tuskens correram para onde a criatura jazia, aplaudindo com entusiasmo pela caçada breve, mas bem-sucedida.

Então, tão rápido quanto começaram os aplausos, a empolgação sumiu. Confuso, Fett observou enquanto os Tuskens se viravam para escutar o som de um rugido à distância.

Algo vinha na direção deles, do outro lado do mar de areia.

O Povo da Areia claramente reconhecia aquilo como uma ameaça. Já estavam juntando as armas e tomando posições defensivas atrás das dunas. Estreitando os olhos, Fett viu ao longe o que estava avançando até ali.

Um trem deslizador blindado corria pela areia como uma serpente mecânica, motores rugindo. Um instante depois, um raio de disparo blaster irrompeu do trem, atingindo um bantha e derrubando-o. *FUUUSH!* Outro raio atingiu um dos Tusken pelas costas. Alguns agacharam-se atrás da duna e revidaram o ataque com seus rifles.

— Vamos! — Fett correu para ajudar dois Tuskens a se abrigarem atrás do bantha caído. — Venham, vamos movê-lo! Se abaixem!

Os disparos blaster os atingiam cada vez mais rápido, vindo de todos os lados, só cessando quando o trem desapareceu de vista. Saindo de trás do bantha, Fett se deparou com o resultado trágico do ataque repentino – vários membros do Povo da Areia estavam caídos, alguns feridos, alguns imóveis no chão, enquanto outros choravam a perda de amigos e familiares.

Não se pôde ouvir nada além do som do luto naquela noite. Boba Fett ajudou a carregar um dos corpos, um menino jovem, até a pira funerária onde o Povo da Areia cremava seus mortos. Enquanto os Tuskens pegavam aquele pequeno corpo para colocá-lo nas chamas, Fett se afastou e bebeu de uma cabaça preta, com o coração pesado pela bárbara violência predatória que acabara de testemunhar. Não só sentia o luto deles pelo acampamento; era como se o compartilhasse com eles. Eram pessoas que aprendeu a conhecer e respeitar, que acabaram aceitando-o em sua comunidade.

E havia mais uma coisa que compartilhava com eles: a raiva profunda contra aqueles que cometeram aquele ato criminoso, e a necessidade de justiça.

No meio da escuridão, contemplando a distância, Fett viu um grupo de speeder bikers atravessar a noite, e uma ideia passou por sua cabeça. Virou-se para voltar para o acampamento e encontrar o líder da comunidade ao lado da pira funerária.

Gesticulando enquanto falava, Fett disse:

– Eu vou parar o trem.

O Tusken respondeu em sua própria língua.

– Você não pode parar o speeder comprido.

– Vou pará-los – repetiu Fett, usando linguagem de sinais para esclarecer suas palavras. – Vou levar rifle e bastão. Volto de manhã.

A GANGUE DE SPEEDER BIKERS NIKTO, OS PEREGRINOS KINTAN, SE encontrava na Estação Tosche, as speeder bikes estacionadas no lado de fora enquanto eles bebiam e faziam festa lá dentro, para o desespero dos outros clientes. O casal na mesa de canto, Camie e Fixer, estava sentado em um silêncio ansioso enquanto os bikers gargalhavam e davam tapinhas nas próprias costas. Um deles foi em direção ao casal assustado e serviu-se da comida deles, bebendo um de seus drinques até a última gota.

– Isso não está certo – Fixer murmurou entredentes.

O biker parou e olhou para trás.

– Você disse alguma coisa?

Camie olhou para Fixer e sacudiu a cabeça, como se pedisse que ficasse em silêncio, mas ele se levantou, incapaz de conter a indignação.

– Eu disse que não está certo! Não é...

Todos os bikers pararam o que estavam fazendo, e um deles agarrou Fixer e o jogou contra a parede. O biker ergueu seu bastão de atordoamento e bateu-o contra o peito de Fixer, disparando uma corrente elétrica por seu corpo. Fixer gritou de dor enquanto outro biker conteve Camie na cadeira.

– Deixe-o em paz! – ela gritou, mas o biker já estava chutando Fixer na barriga, incentivado pelos risos e aplausos de seus companheiros. A princípio, ninguém notou a porta se abrir atrás deles.

Boba Fett entrou.

Percebendo a chegada de um forasteiro, o biker parou de espancar Fixer e todos voltaram a atenção ao recém-chegado, armado com um rifle e com um bastão gaffi. O biker mais próximo de Fett tentou atacá-lo com o bastão de atordoamento, mas Fett conseguiu desviar, usando o rifle Tusken para jogar o Nikto para o outro lado do bar. Fett então ergueu o rifle e começou a usá-lo como um porrete, derrubando mais dois deles.

Do outro lado do bar estavam mais três bikers, todos treinados para atacar. Fett agarrou o bastão gaffi como havia aprendido mais cedo, dando uma série de golpes até arremessar o biker restante contra uma barreira de vidro laminado, levando-o ao chão em uma pilha de cacos.

Ofegante, Fett caminhou até o bar, pegou uma caneca e bebeu tudo em um só gole. Com um aceno de cabeça agradecido para o barman, saiu. As speeder bikes estavam todas estacionadas ali, e Fett começou a amarrá-las juntas.

A noite já era longa, mas ainda estava longe de acabar.

Pela manhã, os Tuskens perceberam algo no horizonte indo em direção ao acampamento, e tocaram um alarme. Quando percebeu quem era, o Povo da Areia abaixou as armas e saiu em seu encontro. O amontoado de speeder bikes que Fett levava com ele era impressionante.

Fett desceu da primeira bike e se aproximou do líder.

– Um presente para você – disse.

De trás dele veio um estrondo alto. Fett se virou e viu que vários dos Tuskens já haviam se reunido ao redor das bikes. Começaram a bater no chassi com ferramentas aleatórias, tentando desmontar os motores.

– Ei – disse Fett, erguendo as mãos. – Parem, parem, parem! São minhas! Vou ensiná-los como pilotar.

Fett se virou para o líder, e gesticulou com as mãos.

– É assim que vamos parar o trem.

AS AULAS DE PILOTAGEM DERAM MAIS OU MENOS CERTO, DIFICULTADAS em parte pela barreira linguística entre Fett e os Tuskens. Sentado em uma das bikes, Fett gesticulou em cima dos guidões.

– Isso faz avançar – disse ele, indicando um movimento de empurrar para frente. Então, puxou as mãos para trás. – Isso faz parar.

Os Tuskens encaravam fixamente a bike.

– Avança, para – continuou Fett, imitando a postura de um piloto, esperando por algum sinal de compreensão. – Como um bantha.

Silêncio.

– Acho que não – Fett desceu da bike. – Ok, quem vai primeiro?

Os Tuskens se entreolharam, e um deles deu um passo à frente. Fett deu um tapinha no assento.

– Sente-se. – Enquanto o voluntário obedecia o comando, Fett apontou para o guidão mais uma vez. – Agora, avança e para.

O Tusken empurrou o acelerador em sua direção e imediatamente voou para trás. Vendo o resultado, Fett se perguntou se isso tinha sido uma boa ideia, ou se estava liderando toda aquela comunidade para uma morte certa.

Depois do incidente inicial, no entanto, as coisas começaram a melhorar. Os Tuskens estavam dispostos a aprender, e Fett os levou para praticar mais vezes, permitindo que eles se acostumassem com o manuseio das bikes. Passado um tempo, começou a ensiná-los a pular de uma bike para outra, um experimento que inicialmente acabou com um Tusken rolando do veículo para o chão. Mas eles eram rápidos em levantar a poeira e tentar novamente. Enquanto continuavam pilotando ao redor do acampamento, Fett encontrou o jovem Tusken, seu antigo captor, e acenou para que fosse até ele.

– Quando o trem vier – disse Fett ao menino –, preciso que você sinalize com isso. – Ele entregou ao garoto um espelhinho, e demonstrou como fazê-lo refletir a luz. Rápido em entender, o garoto pegou o espelho e saiu correndo.

Depois do que pareceu um longo período de treinamento, as preparações haviam melhorado consideravelmente. Os Tuskens praticaram até conseguirem saltar de uma bike para outra sem cair, e Fett acabou a tarde treinando combate com a guerreira Tusken que havia lhe ensinado as técnicas do bastão gaffi. Depois de uma série de defesas e estocadas, Fett conseguiu derrubar o bastão das mãos de sua oponente. A guerreira o surpreendeu lhe dando uma rasteira; quando caiu, no entanto, ela lhe estendeu a mão para ajudá-lo a se levantar.

As coisas estavam indo bem.

E, então, o trem voltou.

OITO

A SENTINELA DEU UM GRITO DE ALARME, E BOBA Fett virou-se para olhar. Uma nuvem de poeira e areia já subia no horizonte antes mesmo do trem deslizador aparecer.

– Pilotos, para as bikes! – gritou Fett. – Avisem os outros.

Os Tuskens pegaram rifles, e o garoto que Fett havia encarregado de fazer um sinal com o espelho correu para seu posto. Fett e os Tuskens que ele ensinara a pilotar correram até as bikes.

– Atenção, pilotos! – Fett avisou enquanto se acomodava por trás do guidão, junto com um dos Tuskens. Então, apontou à distância. – Até o trem!

Ele ativou o acelerador, segurando o guidão com força quando a paisagem do deserto se tornou um borrão, o vento quente chicoteando seu rosto com uma rajada de areia. Depois de tanta preparação, era bom estar de volta à ação. Atrás deles, nas trincheiras, o Povo da Areia empunhando rifles se preparava para abrir fogo.

Mas os atiradores a bordo do trem já haviam tomado conhecimento deles. Escotilhas se abriram dos vagões e disparos blaster rasgaram o ar, atingindo tanto um bantha quanto alguns dos Tuskens que atiravam de volta. Os atiradores do trem estavam equipados com artilharia pesada, e depois de uns segundos Fett finalmente percebeu que se tratavam de Pykes. Ele sabia que a única esperança para deter esse tipo de ataque seria o combate de curto alcance que as bikes permitiam – se conseguissem chegar tão longe.

FSSSSHUN! SHHENNN! Um atirador Pyke atingiu uma das bikes, levando dois dos pilotos ao chão. Em uma encosta próxima, o menino Tusken ergueu o espelho contra os sóis, sinalizando para os atiradores Tuskens que esperavam com seus rifles à distância. Fogo blaster cruzava com os disparos dos Pykes, levantando nuvens de areia e poeira. Um dos atiradores Tusken conseguiu atirar em um dos atiradores Pyke, que caiu para fora do trem.

Nas bikes, Fett e os outros seguiam colados ao trem, perto o suficiente para os Tuskens lançarem ganchos e começarem a se puxar a bordo. Se ao menos pudessem chegar ao topo...

CATCHUM! Um atirador Pyke disparou contra um dos membros do Povo da Areia, atingindo-o de perto. Enquanto três Tuskens subiam pela lateral do trem, um Pyke agarrou um deles pelo pescoço e o empurrou para trás, deixando-o pendurado na janela.

Vendo isso, Fett recuou, aproximou-se e resgatou o Tusken, puxando-o a bordo da bike. O motor já estava fervendo graças a um tiro de fogo blaster, e Fett podia sentir seu tempo se esgotando, as opções rapidamente se reduzindo a uma só. Jogando um gancho, Fett pulou para fora da bike, puxando consigo o Tusken do banco de trás apenas alguns segundos antes do speeder explodir em uma bola de fogo.

Içando-se para o topo do trem, Fett e o Tusken encontraram outros dois membros do Povo da Areia que já esperavam por eles. Juntos, começaram a pular de vagão para vagão, indo em direção à frente do trem. Abaixo de seus pés, o trem continuava a deslizar a toda velocidade. Um soldado Pyke apareceu de uma escotilha na frente deles, e Fett o atacou com seu bastão gaffi, jogando-o para fora do trem.

Um instante depois, Fett viu um novo grupo de artilharia pular no carro em frente a eles, abrindo fogo. Ele e os Tuskens se esconderam atrás de uma escotilha aberta, mas estavam em menor número e sem saída. Com os tiros de fogo blaster atingindo a barreira improvisada sem parar, Fett manteve a cabeça baixa, tentando pensar em como tirá-los daquela situação.

À distância, um Tusken ainda pilotava uma das bikes. Fett percebeu que se tratava da guerreira que havia aprendido a pular de uma bike para outra – a mesma que o havia ensinado a usar o bastão gaffi. Ela acelerou o máximo que pôde, posicionou-se e se jogou da bike até o trem. Atrás dela, a bike colidiu contra o trem.

CABUMMMM!

Os engates do trem se detonaram em uma série de ruídos ensurdecedores, e a piloto mergulhou trem adentro. Em uma questão de segundos, ela começou a derrubar atiradores Pyke acima dela, abrindo caminho para Fett correr em direção ao motor.

– Pare o trem! – gritou Fett para o androide que conduzia o trem atrás do acelerador.

Mas o droide tinha outros planos. Depois de ligar uma série de interruptores, lançou-se do compartimento do motor para o deserto, onde se levantou e fugiu.

Fett lançou um olhar desesperado para os controles. Faíscas voavam para todos os lados, e uma explosão abalou o compartimento quando a turbina principal entrou em colapso.

Sem outras ferramentas à disposição, Fett encaixou o bastão gaffi embaixo do acelerador e puxou com toda força que tinha. Mesmo com um pouco de resistência, algo dentro do mecanismo cedeu com um estalo. O repulsor falhou e o trem inteiro parou, afundando com tudo na areia.

MAIS TARDE, SENTADO ENTRE AS PILHAS DE ARMAS E MERCADORIAS QUE os Tuskens saquearam do trem, Fett tomou um gole de um melão negro e fixou o olhar nos prisioneiros Pyke que sobreviveram ao ataque e se encontravam de joelhos em frente a eles.

– Quem é o líder? – perguntou.

Houve uma pausa, e um dos Pykes se levantou. Fett acenou para que ele se aproximasse, e o Pyke obedeceu, tirando sua máscara de metal liso de lentes escuras e um sistema de filtragem respiratório para expor seu rosto.

– Você vai nos matar?

– Isso depende de como você vai responder às minhas perguntas – disse Fett. – Está levando especiarias?

– O que quer dizer com "especiarias"?

– As do tipo Sansanna das minas de escravos de Kessel – respondeu Fett.

– E como são essas especiarias?

De dentro do compartimento de carga, dois Tuskens trouxeram um caixote e jogaram seu conteúdo no chão. Fett olhou para o pó laranja que brilhava ao sol e voltou a olhar o líder Pyke.

– São assim – ele disse, tomando outro gole da cabaça. – As coisas não estão boas para você.

– Pensamos que eram saqueadores selvagens – o Pyke protestou. – Queríamos proteger nossa rota.

Fett se levantou.

– Estas areias não são mais uma passagem livre para vocês usarem. Essas pessoas detêm a posse ancestral do Mar de Dunas, e, se quiserem passar, um pedágio deverá ser pago a eles. As mortes causadas pelos cargueiros serão cobradas dez vezes. – Com um passo à frente, Fett manteve o olhar fixo nos olhos obsidianos do Pyke. – Agora volte ao seu sindicato e apresente estes termos. Suas vidas são uma prova de nossa civilidade.

O Pyke assentiu.

– Agora andem – ordenou Fett –, em fila única, na direção do sol alto. Chegarão a Anchorhead ainda hoje partindo agora.

– Mas seremos mortos.

– Vocês estão viajando sob a proteção dos Tuskens – disse Fett. – Nada acontecerá com vocês. Daremos, a cada um, um melão negro. Sobreviverão com o leite dele como esse povo faz. Agora vão.

Enquanto os Pykes viravam para ir embora, um dos Tuskens usou o próprio bastão para abrir uma válvula na lateral do trem. Um jato de água começou a jorrar sob o Povo da Areia, que gritou de surpresa e felicidade enquanto erguiam baldes para encher. De longe, Fett viu que o líder da comunidade o observava.

O líder acenou com a cabeça, agradecido.

NOVE

NAQUELA NOITE, PERTO DA FOGUEIRA, FETT escutou enquanto o chefe Tusken falava com ele de uma forma que nunca falara antes, usando linguagem de sinais para ilustrar suas palavras.

– Desde que os oceanos secaram, ficamos escondidos – disse o líder. – Outras tribos sobreviveram matando.

– Vocês não deveriam se esconder – sinalizou Fett. – São guerreiros.

– Os forasteiros têm máquinas.

– Agora vocês também têm. E conhecem cada grão de areia do Mar de Dunas.

O líder olhou para ele por um instante, então gesticulou.

– Tenho um presente para você.

– Presente? Por quê?

– Você é um bom guia – falou o chefe, abaixando-se para pegar um pequeno cesto. – Agora esse presente guiará você.

Fett não sabia o que esperar quando levantou o tampo do cesto.

– Um lagarto? – perguntou, encarando a criaturinha. – Obrigado. Deixarei que ele me guie.

O chefe jogou uma pequena quantidade de pó no rosto de Fett e, um instante depois, o lagarto pulou em sua bochecha e depois dentro do nariz. Ele piscou e tossiu.

– Me desculpe, eu acho que o engoli. Coisinha esquisita.

– Ele o guiará dentro de sua cabeça – respondeu o líder.

Passado um momento, Fett sentiu sua visão começar a borrar à medida que o mundo ao seu redor se enchia de um som agudo e misterioso. Um trovão ressoava ao longe, e Fett percebeu que estava andando sozinho pela escuridão em direção a uma árvore cujos galhos sinuosos eram marcados por olhos vermelhos brilhantes. Os ramos começaram a envolvê-lo como tentáculos e, enquanto tateava, outras imagens vieram à sua memória: o poço do sarlacc, e a si mesmo quando garotinho, assistindo seu pai partir. Fett sentiu todas as emoções que acompanhavam essas lembranças, todos os sentimentos de dor, medo e perda. Antes que percebesse, os galhos se apertaram mais, estrangulando-o, e ele agarrou uma curvatura de madeira à sua frente, libertando-se com um suspiro.

Ao amanhecer, voltou ao acampamento carregando o galho que quebrara da árvore. Os Tuskens se encontraram com ele, e o líder ergueu o cesto que apresentara a Fett na noite anterior. Ele sentiu algo se contorcendo dentro do nariz, e o lagarto saltou e voltou para dentro do cesto.

– Achei que era parte do sonho.

O líder fez um gesto.

– Mostre-me o galho.

Dentro da tenda, o Povo da Areia começou a envolver Fett com túnicas, lenços e bandagens. Não era apenas uma indumentária, percebeu ele; cada peça representava um aspecto da cultura e da história daquele povo. Fett ficou imóvel durante toda a cerimônia, sentindo todo o poder da tradição ancestral que os Tuskens compartilhavam com ele.

Quando acabaram, o menino Tusken e outros dois o levaram para fora da tenda até um local que parecia abandonado. Fett assistiu enquanto um dos Tuskens começou a cortar o galho que tinha trazido em um bastão gaffi. Eles lhe entregaram um conjunto de ferramentas, e Fett usou um martelo e um cinzel para entalhar a cabeça do bastão. Depois de horas esculpindo a madeira, eles adicionaram peças de metal ao bastão e, em seguida, o mergulharam no forno. Por último, encaixaram uma ponta de metal afiada na extremidade e a seguraram contra o fogo mais uma vez.

Já era noite quando se reuniram novamente junto ao fogo, onde os Tuskens se preparavam para dançar. Usando seu bastão gaffi, Fett lutou com os outros, mas dessa vez a sensação foi diferente; menos um exercício e mais um ritual que o ligava à comunidade. Ele podia ter chegado ali como prisioneiro, mas tudo havia mudado. Os Tuskens lhe deram uma nova identidade entre eles, uma nova noção do que sua vida era e o que ela significava.

Enquanto as chamas queimavam e crepitavam, ele virou-se para dançar com eles ao redor do fogo.

AS RUAS DE MOS ESPA

DEZ

MAL HAVIA AMANHECIDO, MAS O TRABALHO DE um Daimyo nunca esperava. Boba Fett sentou-se em sua sala do trono com Fennec ao seu lado, enquanto 8D8 os informava usando um holomapa da área local.

– E aqui – o droide falou – podem ver os negócios que estavam sob proteção daquele que não pode ser citado.

– Pode falar "Jabba" – disse Fett.

– Temia que o senhor se sentisse insultado – respondeu 8D8.

– Por que eu me sentiria insultado?

– Porque se sentiria ameaçado.

Fett suspirou.

– Bom, agora eu me sinto insultado.

– Dá para continuar com o relatório? – indagou Fennec.

8D8 continuou, informando-os como o vácuo de poder após a morte de Jabba resultou em Bib Fortuna assumindo o papel de chefe do crime. Foi durante o comando de Fortuna que Mos Espa se dividiu em três famílias: os Trandoshanos detinham o centro da cidade, enquanto os Aqualish tomaram o Distrito dos Trabalhadores, deixando os Klatooinanos com o espaçoporto e as áreas superiores.

– E agora, como estão as coisas? – perguntou Fett.

O droide considerou por uns segundos.

– Todos estão esperando para ver o tipo de líder que o senhor é.

– E os assassinos?

– O prefeito não tem poder – disse Fennec. – Alguém deve estar por trás desse ataque.

– Os Hutt?

– Pode ser.

Da escada, um guarda Gamorreano soltou um grunhido, e eles se entreolharam.

– Um de seus vassalos procura uma audiência com o senhor – disse 8D8.

– Mande-os entrar – falou Fett. – Talvez descubramos alguma coisa sobre o que está realmente acontecendo aqui.

O homem que se dirigia ao trono tinha uma barba grisalha e vestia uma túnica marrom sem mangas. Aproximando-se, ele fez uma reverência exagerada.

– Fale o seu nome e o que faz – instruiu 8D8.

– Eu sou Lortha Peel – disse o homem. – Sou um monger d'água no Distrito dos Trabalhadores.

– Qual é sua petição ao Lorde Fett?

– Bom, me perdoe, senhor – Peel começou, hesitante –, ninguém o trata com respeito.

– Já chega! – retorquiu 8D8.

Fett assentiu.

– Deixe-o falar.

– Desde que o Lorde Fortuna foi... destituído – Peel continuou –, as ruas se tornaram um caos.

Fett grunhiu.

– É a primeira vez que escuto isso.

– Não, é verdade – o barbudo insistiu, encorajado pela resposta. – E sinto-me insultado em seu nome pelo desrespeito que esses ratos demonstram, especialmente diante a, hã, você sabe. – Ele fez uma pausa constrangida. – A tentativa de assassinato.

– Obrigada por sua colaboração – disse Fennec. – Vamos investigar.

Quando os Gamorreanos avançaram para conduzi-lo para fora, Peel levantou a mão para detê-los.

– Mas e minha petição?

– Prossiga – disse Fett.

– Bom, uma gangue de jovens insolentes está roubando o meu produto. Agora, isso nunca aconteceu com os outros Daimyos, e me sinto insultado em seu nome.

– E seu produto é água? – perguntou Fett.

– É – respondeu Peel. – Faço corretagem das vendas em nome dos fazendeiros de umidade.

– Cresci cercado de água.

– Bom, Tatooine já foi coberta de água. E é fascinante, na verdade...

– Me fale mais sobre essa gangue – interrompeu Fett.

– Eles são parte homem, parte máquina – respondeu, sem se preocupar em esconder o desgosto. – Eles modificam seus corpos com partes de droides para ficarem ainda mais mortais. – Ele juntou as mãos. – Eu suplico, Lorde Fett, liberte as ruas de Mos Espa desse flagelo, e dobrarei meu tributo ao senhor.

Fett virou-se para olhar Fennec, já sentindo qual seria a resposta dela. Parecia que eles logo fariam outra visita a Mos Espa.

NAQUELA NOITE, ELES ENCONTRARAM OS TAIS MALANDROS DE LORTHA Peel reunidos em torno de uma fogueira em um beco do Distrito dos Trabalhadores. Quatro jovens, com os rostos iluminados pela luz do fogo, bebiam e passavam cantis de água uns aos outros enquanto Fett e Fennec se aproximavam, seguidos pelos guardas Gamorreanos.

– Onde pegaram essa água? – perguntou Fett.

Uma garota de cabelo escuro e olhar penetrante o observou por cima do ombro.

– A gente roubou – respondeu.

– Mas isso é crime.

– Não é crime o quanto ele cobra? – respondeu um dos outros.

– Então vá produzir sua água – falou Fett.

A garota se aproximou dele.

– Escute aqui, velho...

– Meu nome é Boba Fett.

– Sabemos quem você é – desdenhou ela. – Volte para o seu palácio.

– Mais respeito – disse Fett. – Sou o Daimyo deste distrito, e vou restabelecer a ordem.

– Você só é um senhor do crime, como todos os outros.

Um jovem, o mesmo que disse que o preço da água era um crime, se juntou à garota em frente a Fett. O olho cibernético dele brilhou no escuro, e todos os outros se viraram para Fett enquanto ele respondia.

– Se você é um Daimyo, então por que deixa um monger cobrar um mês de salário por uma semana de água?

– Não que a gente tenha um salário – sibilou a garota.

– Vocês vivem no Distrito dos Trabalhadores – disse Fett. – Deveriam estar trabalhando.

– Aqui não tem trabalho, oh, poderoso Daimyo. Olhe ao seu redor.

Fett se aproximou deles e removeu o capacete, permitindo que pudessem ver a expressão em seu rosto.

– Então trabalharão para mim – disse. – Vocês são ousados, devo admitir. – Ele encarou a garota de cabelo escuro. – É melhor que lutem tão bem quanto falam *dank*.

– Não, não, não – Lortha Peel emergiu de uma porta no beco, onde obviamente estava escutando a conversa escondido, indignado com a reviravolta inesperada. – Eles roubaram de mim, e o senhor vai deixá-los impunes?

– Quanto eles devem? – perguntou Fett.

– Mil e trezentos créditos.

– Por água? – indagou Fett, incrédulo. Ele olhou para Fennec. – Dê quinhentos a ele.

Quando o comerciante começou a protestar, Fett lançou-lhe um olhar cortante que indicava que o assunto já estava resolvido.

– Tome os quinhentos e considere a dívida paga, se quiser continuar trabalhando em meu território. E abaixe seus preços. – Ele se virou para o grupo de jovens. – O resto de vocês, reúnam seu gak e sigam-me.

Após uns segundos, o grupo montou em suas grav scoots e obedeceu.

ONZE

À NOITE, NO TANQUE DE BACTA, BOBA FETT sonhava.

O céu trovejava, e as ondas sob a Cidade de Tipoca rugiam e aumentavam. Ele era um garoto novamente, ao lado de uma janela, olhando as cristas espumosas na tempestade enquanto a nave de seu pai voava à distância, restando apenas seu reflexo encarando-o de volta no vidro escuro.

Então, a visão mudou, e ele estava sentado em um bantha fêmea, vestindo os trajes que o Povo da Areia dera a ele, preparando-se para viajar pelo Mar de Dunas. A viagem através do deserto era longa e quente, mas ele já estava acostumado ao ambiente árido e ao ritmo estável do animal debaixo dele.

Quando chegou ao espaçoporto, Fett foi até dois Jawas.

– Ei, onde é que encontro os Pykes em Mos Eisley?

Eles apontaram para o fim da rua, e Fett passou por capacetes de stormtroopers em estacas recém-montadas saindo da terra. Ele amarrou a bantha do lado de fora de um prédio protegido por dois Pykes e falou com o guarda na porta.

– Tenho assuntos com o Sindicato dos Pykes – disse Fett.

A sentinela assentiu, deixando-o passar, e Fett entrou e desceu as escadas até as reentrâncias mais abaixo, cobertas pela sombra. Um líder Pyke estava sentado diante dele, vestindo um uniforme azul-escuro enfeitado com um brocado dourado, misturando líquido em uma taça.

– Por favor, entre. Sente-se.

– Receberam minha mensagem? – perguntou Fett.

– Acordos de proteção são parte dos negócios na Orla Exterior – disse o líder.

– Muito bem. Recebo o pagamento e vou embora.

– Falei com meus superiores em Oba Diah – disse o Pyke – e eles não estão dispostos a pagar por proteção a mais de um grupo.

Fett assentiu.

– Só existe um grupo. Eu recebo em nome dos Tuskens do Mar de Dunas.

– Os Baixadores Kitan já coletaram dinheiro pela proteção do mesmo território que você reivindica.

– Vocês não precisam pagar aquela gangue – Fett respondeu. – Somos mais numerosos. As areias pertencem aos Tuskens desde que os oceanos secaram.

– Faremos negócios com quem quer que seja – disse o Pyke, de forma bastante razoável. – Mas não quero que tirem vantagem de nós fazendo-nos pagar para dois grupos.

– Vou resolver isso – falou Fett. – Esqueçam dos Niktos da gangue das dunas.

Ao voltar para o acampamento Tusken, Fett sentiu que algo estava errado. Fumaça negra vinha de lá, erguendo-se no ar. Depois de apear da bantha, ele começou a correr duna abaixo, em direção ao acampamento, para ver o que havia acontecido.

Parou e sentiu uma dor profunda no coração. Haviam atacado o assentamento, e o que deixaram para trás não poderia ser descrito como nada além de um massacre. Os banthas estavam tombados, mortos, as barracas e o assentamento estavam destruídos e queimados. Fett olhou para os corpos – o Povo da Areia, que o abrigara e o aceitara como parte deles. Estavam espalhados na terra dura, suas vidas roubadas pelos assassinos que perpetuaram aquela atrocidade.

Alguns passos depois, ele parou de andar, os olhos fixos na tenda diante dele. Havia uma insígnia pintada na aba externa, e ele lembrava de tê-la visto antes, no dia em que o jovem Tusken guiara ele e o prisioneiro Rodiano pelo deserto. Eles viram uma propriedade sendo atacada por um grupo de Niktos aquela tarde, que haviam deixado o mesmo símbolo pintado no local que atacaram.

Naquela noite, enquanto Fett recolhia os corpos e começava a queimar a pira funerária, pegou o bastão gaffi que ajudara a fazer e se ajoelhou diante das chamas, em sinal de respeito. Com o fogo ainda crepitando, ele e a bantha começaram sua longa jornada em direção ao que os esperava, seja lá o que fosse.

DOZE

BOBA FETT CONTINUAVA PERDIDO NAS VISÕES do passado quando um rosnado atravessou as profundezas da memória, jogando-o de volta ao presente. De repente, sentiu a porta do tanque de bacta sendo escancarada acima dele. O choque da agressão o pegou desprevenido e, quando conseguiu reagir, já era tarde demais.

O invasor o agarrou pela garganta, tirando-o do tanque e arremessando-o para o outro lado da sala. Fett voou, ainda molhado, derrapando pelo chão. Mais alerta, ele voltou a pensar claramente e notou que era Krrsantan, o gladiador que viera com os Hutts para as ruas de Mos Espa, do lado de fora do Santuário de Garsa.

Quando começou a se levantar, Krrsantan o levantou para jogá-lo contra a parede com um barulho ensurdecedor. Fett pegou seu bastão gaffi e bateu com força em seu agressor, mas o gladiador o segurou sem esforço, tirando-o do chão. Enquanto Fett o socava na cabeça, o Wookiee o mordeu. Uma pontada de dor eletrizou a mão e o pulso de Fett conforme os dentes afiados rasgavam sua pele. Krrsantan o apertou com mais força, torcendo a coluna de Fett e amassando suas costelas, e ele sentiu a força se esvair nos braços poderosos do outro. A escuridão cercou sua visão, virando inconsciência, e ele não conseguia mais respirar.

Então, de repente, Krrsantan o soltou. Caindo no chão, Fett percebeu que não estavam mais sozinhos na sala. Os jovens que contratou para que trabalhassem para ele tinham acabado de chegar, e a garota de cabelo escuro – que se apresentara como Drash – tinha atacado as costas do Wookiee com sua lâmina. Os outros cercavam o oponente, armas a postos.

Houve um forte estalido quando um deles girou um chicote de armas elétrico, mas o Wookiee livrou-se dos outros e atacou Fett, fazendo-o voar para dentro do tanque de bacta.

Alarmados pela atividade, os dois guarda-costas Gamorreanos se apressaram para ir à câmara. Com um rosnado feroz, Krrsantan investiu contra eles e os jogou no chão, e a luta foi arrastada até a sala do trono, onde o gladiador mordeu um pedaço do ombro de um dos guarda-costas, causando um uivo de dor. Drash, Skad e os outros correram para descer os degraus, tentando cercar o incansável Wookiee, mas, antes que pudessem agir, Fennec Shand apareceu do outro lado da sala.

– Não se mexam! – mandou Fennec, esticando-se para bater no botão que ativava o alçapão. A porta se abriu e Krrsantan caiu no buraco, conseguindo se segurar no último segundo. Ele pendia por apenas uma mão, pendurado na ponta, rosnando para eles e fazendo cara feia. Fennec pegou uma faca e a jogou contra a mão do Wookiee, fazendo com que se soltasse e caísse na escuridão do covil do rancor.

Por um momento, todos ficaram parados, recuperando o fôlego. Fett colocou um robe e analisou o dano que o assassino em potencial deixara. Um dos guarda-costas estava gravemente ferido por conta da mordida do Wookiee.

– Levem-no até meu tanque de bacta – disse.

Lá embaixo, no escuro, o Wookiee rugiu.

MAIS TARDE, SENTADA NA PONTA MAIS DISTANTE DE UMA LONGA MESA de banquete, Fennec colocou os pés para cima e mordeu com prazer uma coxa perfeitamente assada. Na outra ponta, Boba Fett estava pensativo, sem comer. Quando o droide astromecânico rodou até ele com mais uma travessa, ele fez um sinal para que o robô fosse embora, impaciente.

– Chega de comida – disse Fett. – Vá ajudar a patrulha.

– Você é o líder de uma família – falou Fennec. – Deveria aproveitar as vantagens.

– Preciso responder – disse Fett. – Todos estão olhando, esperando que eu faça o próximo movimento.

– Coma um pouco.

Fett sacudiu a cabeça.

– Preciso enviar uma mensagem.

– Você já fez isso – observou Fennec. – Eles enviaram Krrsantan para te matar. Agora ele está preso em seu calabouço. Por mim, espere e veja as cartas deles.

– Eles são Hutts – disse Fett. – Esperar só vai dar a eles a oportunidade de atacar novamente.

– Peço perdão por interromper, mestre – disse 8D8 da porta.

– O que foi? – perguntou Fett.

– Os Gêmeos estão aqui. – O droide fez uma pausa, hesitando. – Eles trouxeram um presente.

Quando Fett e Fennec voltaram para a luz do dia com armadura, capacete e armas, Fett viu a liteira dos Hutts diante do palácio, erguida por uma equipe de servos com uniformes vermelhos e brancos.

– Viemos até aqui para pedir desculpas – disse o irmão Hutt.

Fett os olhou, desconfiado.

– Prossigam.

– Mandamos Krrsantan para matá-lo – disse a irmã.

– Pedimos perdão – respondeu o irmão. – Por favor, aceite este presente como reparação.

Fett olhou para o trenó repulsor deslizando até eles e a enorme criatura acorrentada acima dele. O presente que os Hutts trouxeram era um jovem rancor, e o cuidador humano que o acompanhava dirigiu o trenó até o portão. Fett observou a fera e o cuidador por um momento antes de voltar sua atenção aos gêmeos Hutt.

– Deixem Tatooine – disse a eles – e vou considerar uma trégua.

– Faremos isso – falou a irmã Hutt –, mas por um motivo diferente. Há algo que você deveria saber.

– Então diga.

– Mentiram para todos nós – disse o irmão. – Este território já foi prometido para outro sindicato.

– Prometido por quem?

– O covarde do Prefeito Mok Shaiz – respondeu a irmã.

– E quanto aos Hutts? – quis saber Fett.

– Vamos voltar para Hutta – disse o irmão. – Não queremos guerra. – Ele deu uma gargalhada. – É ruim para os negócios.

Enquanto Fett processava tudo o que eles disseram e o que isso significaria para sua posição de Daimyo, ouviu o tinir de correntes atrás dele. Seus guarda-costas traziam Krrsantan acorrentado. O Wookiee ainda parecia revoltado por ter sido jogado no covil do rancor.

– Aqui está o seu prisioneiro – disse Fett. – Eu o devolverei se renunciarem às suas reivindicações ao legado de Jabba em Tatooine.

– Nós estamos de partida – disse o irmão – e recomendamos que faça o mesmo.

– Tatooine é uma rocha inútil – concordou a irmã. – Venda o Wookiee de volta aos gladiadores.

– Ele é nosso tributo a você – disse o irmão.

A transação havia terminado. Enquanto os servos dos Hutts começavam a virar a liteira para partir, Boba Fett olhou de relance para o Gamorreano segurando a corrente de Krrsantan.

– Solte-o – disse, olhando para o Wookiee. – Sem ressentimentos. São só negócios. – Enquanto os guarda-costas tiravam as correntes de Krrsantan, Fett ofereceu a ele um último conselho. – Conselho de ex-caçador de recompensas. Não trabalhe para essa escória. Não vale a pena.

Com um grunhido, o Wookiee deu meia-volta para ir embora.

– Tem certeza de que isso é uma boa ideia? – perguntou Fennec, observando Krrsantan partir.

– Era isso ou matá-lo – disse Fett.

Ela pausou.

– Mas você acredita nos Hutts?

– Não tenho motivos para isso – disse Fett. – Eles se beneficiariam de ter inimigos lutando entre si.

– Vou conseguir uma reunião com o prefeito. – Ela se virou para estudar o rancor, coberto de correntes e jogado no trenó flutuante, e assentiu, apreciativa. – É um belo presente.

NA ESCURIDÃO ABAIXO DA SALA DO TRONO, O RANCOR ESTAVA DEITADO e imóvel com uma venda cobrindo a visão. Ele grunhia de leve e não se mexia. Fett e o cuidador andavam ao lado dele, observando a criatura em seu estado melancólico.

– Por que ele está deitado assim? – perguntou Fett.

– É depressão – disse o cuidador.

Fett se voltou para olhá-lo, surpreso.

– Essa fera consegue sentir coisas assim?

– Rancores são criaturas emocionalmente complexas.

– Por que ele está vendado?

– Este é um jovem – disse o cuidador. – É a cria de guerreiros campeões. Fiquei com esse para treiná-lo eu mesmo. Ele se afeiçoa à primeira pessoa que vê. – Ele respirou fundo. – Agora que chegamos aqui, vou começar o treinamento.

Fett gesticulou na direção da fera, estendendo uma mão para tocá-la.

– Posso?

– Sim, vá em frente – respondeu o cuidador. – Eles são bastante pacíficos, se não forem ameaçados.

Fett foi até lá e colocou a mão na cabeça do rancor, que grunhiu mais alto ao notar a nova perturbação.

– Epa, calma. Calma, garoto. – Fett esfregou a palma contra o couro duro, e sentiu a criatura se tranquilizar ao ouvir o som calmo de sua voz. – Acho que ele gosta disso.

– Gosta mesmo – concordou o cuidador.

– Passarei mais tempo com ele.

– Você deveria – o cuidador disse a ele. – Eles podem se tornar muito carinhosos.

Fett continuou a afagar a cara do rancor.

– Achei que eles eram criados só para lutar.

— Eles são lutadores poderosos, e é isso que a maioria sabe. Mas eles formam laços fortes com seus donos. Dizem que as bruxas de Dathomir montavam sobre eles para atravessar florestas e brejos.

Fett pensou por um momento e tomou uma decisão.

— Quero aprender a montá-lo.

— Você o *quê*? — perguntou o cuidador, chocado.

— Quero montá-lo. Já montei em criaturas dez vezes maiores que ele. Me ensine.

Pela primeira vez, o cuidador pareceu hesitante.

— Vai levar uma quantidade enorme de disciplina.

Fett assentiu.

— Começamos hoje. — Ele voltou a atenção ao rancor. — Sim — disse, fazendo carinho em sua grande cabeça. — Agora, qual vai ser seu nome?

O cuidador se posicionou diante da cabeça da criatura.

— Fique aqui — falou. Quando Fett ficou no lugar dele, o cuidador se aproximou do rancor, tirou sua venda e, pela primeira vez, Fett viu os olhinhos pretos da criatura encontrando os dele. Sentiu uma gentileza profunda naqueles olhos, e reconheceu uma confiança imediata.

— Calma, garoto — disse Fett ao se esticar para afagá-lo. — Calma. — Enquanto a coisa grunhia, apreciando o contato físico, Fett sorriu e continuou a esfregar a lateral da cabeça dele. — É aí que você gosta? Ah, sim, você gosta mesmo.

— Com licença, Lorde Fett — interrompeu a voz mecanizada de 8D8.

— Agora não. Estou ocupado.

— Temos notícias do escritório do prefeito — continuou o droide, ignorando o comando. — Ele segue completamente inacessível pelos próximos vinte dias.

Fett se virou para o cuidador.

– Alimente o rancor. Dê a ele uma carcaça inteira de ronto da despensa. – Ele fez carinho na cabeça dele de novo. – Acho que ele está com fome. – Fett passou por 8D8, indo em direção à porta. – Diga a Fennec para se preparar. Não vamos esperar para marcar hora.

Conforme ele saía do covil do rancor, o cuidador se virou para a criatura deitada perto dele.

– Não se preocupe – falou. – Ele vai voltar.

TREZE

Fett e Fennec andaram até o escritório do prefeito em Mos Espa com o grupo de quatro jovens modificados ciberneticamente dirigindo atrás deles em grav scoots multicoloridas. Enquanto Fett entrava no saguão, viu o mordomo Twi'lek do prefeito atrás da escrivaninha da recepção, olhando-o com evidente ansiedade.

– Estamos aqui para ver o prefeito – disse Fett.

– Sim, de fato – disse o Twi'lek. – Infelizmente, hã, a agenda do Prefeito Mok Shaiz está um tanto complicada...

– Se quiser continuar respirando – disse Fennec –, aconselho que pense em suas próximas palavras com muito cuidado.

– Hum – falou o mordomo, visivelmente desconfortável. – Na verdade, agora que mencionou, posso conseguir reencaixar alguns dos compromissos dele. Então, se me derem licença, vou ver o que posso fazer. – Ele deu meia-volta e atravessou a porta atrás do balcão.

O interruptor ao lado da porta piscou e ficou vermelho.

– Ele trancou a porta? – perguntou Fett.

– *Dank farrik*! – praguejou Fennec, e eles correram para fora do prédio a tempo de ver o mordomo fugindo pela esquina em um landspeeder.

– Peguem-no! – Fennec gritou para os quatro Mods esperando nos degraus da frente. Drash, Skad e os outros montaram nas scoots. Os Mods seguiram o speeder pela rua e viraram a esquina atrás dele até forçarem o mordomo a girar na direção de uma banca de frutos meiloorun bem maduros, onde o speeder bateu e parou.

Enquanto o mordomo se sentava, parcialmente afundado em frutas e tentando reativar o motor do speeder, Fett usou seu jato propulsor para descer até a calçada e confrontá-lo.

– Onde está o prefeito?

– Com os Pykes – disse o Twi'lek. – Ele foi embora. Está trabalhando com os Pykes.

– É mesmo? – Fett olhou para o Twi'lek de perto, absorvendo a informação. Por mais perturbadora que fosse, não estava surpreso.

A NAVE COMERCIAL ATERRISSANDO NO ESPAÇOPORTO DE MOS ESPA tinha acabado de parar na doca, e uma comitiva de Pykes desceu pela rampa, sem notar que estava sendo vigiada. Skad, observando tudo de sua scoot, levantou o espelho, apertou o acelerador e foi embora de lá. Levou momentos para localizar uma estação holográfica e falar com Fett em seu palácio para relatar o que viu.

– Tem certeza? – perguntou Fennec.

– Conheço um Pyke quando vejo um – disse Skad.

– Quantos? – perguntou Fett.

– Vi ao menos uma dúzia.

Fennec se virou para Fett.

– Eles chegaram no transporte.

– Bom trabalho – Fett falou para Skad. – Fique de olho neles. – Então, notando o que havia dito, acrescentou: – Desculpe, é só uma expressão.

Skad sorriu.

– Não precisa pedir desculpas, cara – disse ele, gesticulando para a modificação cibernética no lado direito de seu rosto. – Paguei caro pelo meu olho. Tenho orgulho dele.

– Nos avise se vir alguma coisa – Fennec falou. Desativando o holo, voltou sua atenção a Fett. – Esta é só a primeira onda. Eles estão vindo para a guerra.

– E estaremos prontos.

A TEMPESTADE SE APROXIMA

CATORZE

NAQUELA NOITE, COMO EM MUITAS OUTRAS, Boba Fett voltou ao tanque de bacta.

Sua memória o levou de volta ao terrível momento em que se afastou do acampamento do Povo da Areia e da brutalidade sem sentido que ocorrera lá. Montado em uma bantha, ele tinha ido ao palácio de Jabba e desmontou para se posicionar mais acima do portão principal. Dessa posição estratégica, o telescópio do rifle cycler permitia uma visão clara dos sentinelas posicionados do lado de fora. Fett abaixou a arma e voltou-se para a bantha.

– Hoje não, garota – disse ele. – Ainda tem muitos guardas. Vamos comer alguma coisa.

Naquela noite no deserto, assando um naco de carne em cima do fogo, ele notou que a bantha lambia os lábios.

– Então toma – disse Fett, jogando restos para ela. – Aproveite.

O animal estalou os lábios, devorando o bocado com um grunhido de satisfação. Enquanto se assentavam para passar a noite, Fett notou uma luz brilhante à distância, ascendendo e formando um arco como um clarão. A imagem o fez ficar atento de repente. Coisas assim não eram comuns naquelas bandas, e significavam que ele e a bantha não estavam sozinhos.

Montando de novo, ele a guiou pela areia na direção do clarão. Quando finalmente chegou lá, encontrou o corpo de uma mulher jogado, imóvel. Ao se aproximar, viu que ela estava vestida de preto, com as botas, manoplas de pulso e ombreiras de uma guerreira. Alguém a deixara para morrer.

Fett olhou para o rosto dela mais de perto e, depois de um momento, notou quem era: Fennec Shand, a assassina. Levantando-a, Fett a colocou nas costas de sua bantha e começou a cavalgar em direção a Mos Eisley. Ele não fazia a mínima ideia se ela sobreviveria ou não, mas precisava tentar. O esforço do resgate o levou a um estúdio Mod na saída da cidade, um estabelecimento remoto onde clientes podiam pagar para serem equipados com modificações cibernéticas. Música eletrônica pulsante preenchia a área ao redor da loja. Do lado de fora, um pequeno grupo de jovens modificados observou Fett carregar o corpo inconsciente de Fennec para dentro do estúdio.

O espaço aberto era iluminado por lâmpadas fluorescentes que brilhavam acima de uma coleção impressionante de eletrônicos customizados e equipamentos cirúrgicos. Em uma mesa próxima, um artista Mod usava uma série de ferramentas de precisão para implantar uma nova modificação robótica na base da coluna de uma cliente. Fett deixou o corpo de Shand em uma cama vazia e aguardou até o Modificador olhar por cima do próprio ombro na direção dele.

– Você não está velho demais para vir aqui?

– Ela precisa de modificações – disse Fett.

– Nada disso – respondeu o Modificador. – Só com hora marcada.

– Esta mulher está quase morrendo – disse Fett, soltando uma bolsa de créditos que tiniu perto da estação de trabalho. O proprietário olhou para o saco de créditos, e depois para Fett.

– Bem – disse ele –, devia ter começado a conversa assim.

As ferramentas zumbiram e uma espiral de fumaça se ergueu no ar quando o artista iniciou seu trabalho, usando uma serra cirúrgica e uma solda cauterizadora para equipar o corpo de Shand com as modificações e sensores que a manteriam viva. Ao acabar, ele se sentou.

– Está feito.

Fett olhou para o equipamento biomecânico exposto no abdômen de Shand.

– Você não vai fechá-la?

– E cobrir esse maquinário maravilhoso? – O artista sorriu.

FETT ESTAVA SENTADO DIANTE DA FOGUEIRA, SOB A LUZ AMENA DA aurora, a bantha amarrada ali perto enquanto esperava Shand recobrar a consciência. Não havia como prever como ela reagiria ao acordar.

Quando finalmente começou a se mexer, a expressão no rosto dela era um misto de dor e confusão. Ela o olhou, ficando em alerta de imediato.

– O que aconteceu?

– Você levou um tiro na barriga – disse Fett. – Eu salvei a sua vida.

Fennec olhou para baixo, para si mesma, onde metade do músculo e tecido de seu torso havia sido parcialmente substituído por um maquinário de aparência estranha, uma mistura de fios e partes metálicas.

– O que você fez comigo?

– Levei você até o Modificador nos arredores de Mos Eisley. Foi o melhor que consegui, dadas as circunstâncias.

Ela tossiu e grunhiu de dor. A boca dela estava seca, e sua garganta doía pela desidratação.

– Pegue o melão negro – disse o homem. – Vai ajudar na sua recuperação.

Contraindo-se, ela pegou a fruta que ele deixara diante dela.

– Demora um pouco para acostumar. Com o tempo, vai até ter vontade – Fett esperou enquanto ela engolia o leite do melão. – Você é a Mestra Assassina Fennec Shand da Orla Média.

Fennec rolou para o lado para olhá-lo, entendendo por que o estranho havia se dado ao trabalho de salvar sua vida.

– Acho que estou valendo mais viva do que morta, não?

– Sim, está.

– Pago o dobro da minha recompensa.

– Não quero dinheiro – disse o homem.

Ela o estudou com cautela.

– Quem é você?

– Sou Boba Fett.

Ela franziu o cenho.

– Boba está morto.

– Fui deixado para morrer nas areias de Tatooine. Como você. Fui resgatado pelo Povo da Areia. Eles me acolheram, me trataram como um deles. – Ele fez uma pausa, perdido em lembranças. – Tentei ajudar, mas eles acabaram massacrados por uma gangue de Niktos.

– Speeder bikers acabaram com os Tuskens? – perguntou Fennec, visivelmente cética. – Acho pouco provável.

– Quero que você me ajude – disse Fett. – Me ajude a recuperar minha nave *Firespray*.

Fennec suspirou.

– E onde ela está?

– No palácio de Jabba, o Hutt.

Fennec considerou a proposta.

– Bib Fortuna tomou o território de Jabba. Agora ele governa do palácio. Se a nave é sua, por que você não a pede de volta?

– Porque posso não gostar da resposta – respondeu Fett. – Sem a minha armadura, sou menos persuasivo.

– Se eu ajudá-lo, minha dívida está paga.

Fett assentiu.

– Se assim você quiser.

ELES CAVALGARAM DURANTE O CALOR DO DIA, CHEGANDO DO LADO DE fora dos portões do palácio de Jabba escondidos pela escuridão. Ocultos nos rochedos do cânion, mais acima da fortaleza, Fennec usou o telescópio de seu rifle para estudar a área externa do portão do palácio.

– Sua nave está lá mesmo – disse ela, focando na *Firespray*. – Você tem alguma ideia de quantos guardas há?

– Não sei dizer – respondeu Fett. – O portão abre, uns saem, outros entram.

– Vamos olhar mais de perto. – Fennec ativou um minúsculo comando remoto de vigilância e o soltou para voar por cima da área. O remoto voou sem ser notado acima do portão que se erguia e planou em silêncio através de uma série de corredores dentro do palácio, passando pela cozinha de Jabba e por trás de um guarda Gamorreano que não suspeitou de nada antes de descer pela escadaria curva que levava à sala do trono. Os três olhos vermelhos do dispositivo gravaram tudo que encontrou durante o voo.

Acima, na fogueira que montaram, Fennec limpava o próprio rifle enquanto Fett se aproximava da bantha que os carregara até lá.

– Chegou a hora – ele falou ao animal. – Chegou a hora de dizer adeus, minha amiga. Você me serviu bem.

Bramindo com pesar, o animal lambeu o rosto dele.

– Sim, eu sei – disse Fett enquanto afagava a criatura com carinho. – Vou sentir sua falta também, velha garota. – Ele acabou de soltá-la. – Agora vá. Encontre outros banthas. Faça bebês banthas. Vai! – Ele jogou um pedaço de carne no escuro, persuadindo a bantha a ir atrás da comida. – Está livre para vagar pelo Mar de Dunas.

– Não seria melhor recuperar sua nave antes de fazer isso? – perguntou Fennec enquanto encaixava o telescópio no rifle.

– Por quê? – disse Fett. – Ou a recupero, ou morro. – Ele se acomodou do lado oposto da fogueira. – Logo você estará livre também.

– E o que vai fazer depois? – perguntou Fennec.

– Encontrar minha armadura – disse Fett, cutucando o fogo com um graveto. – Depois vou matar aquele porco inchado que me passou para trás e tomar o trono dele.

Fennec o olhou, surpresa.

– Você está querendo liderar uma gotra? – perguntou, usando o termo para um grupo criminoso organizado.

– Por que não?

– Você é um caçador.

– Cansei de trabalhar para idiotas que vão acabar me matando – disse Fett. Do outro lado das chamas crepitantes, ele ergueu os olhos para encontrar os dela. – Os Tuskens me aceitaram. Me tornaram parte da tribo deles. Já estava pronto pra deixar a caça para trás.

– Pessoas como nós não escolhem o momento de parar – falou Fennec. Colocando a última peça de seu rifle no lugar, ela viu a luz vermelha e cintilante do remoto voando de volta. – Ah. – Depois de abrir a palma da mão para que o remoto pousasse, Fennec apertou um interruptor e o remoto projetou um amplo leque de luz, um holograma de alta resolução da nave de Fett.

– Aí está ela – disse Fett. Os dois olharam para os aglomerados de pequenas formas vermelhas indicando os seres vivos que cercavam a nave: vinte ou mais. – Tem guardas demais.

– Marcaremos as patrulhas – disse Fennec – e iremos em silêncio.

Fett olhou para ela e assentiu. Esse seria o plano.

QUINZE

ELES SE MOVERAM EM SILÊNCIO NO TERRENO que levava à grade metálica do lado de fora do palácio. Aproximando-se de uma série de barrotes de metal, Fennec usou um laser para cortar dois deles e os empurrou para o lado para entrar no esgoto. Não era a forma mais imponente de chegar, mas era a única opção que tinham. Respirando fundo, Fett a seguiu.

Na cozinha de Jabba, dois droides cozinheiros trabalhavam preparando uma refeição. Um deles usava seus muitos membros para cortar fatias e cubos de vegetais, enquanto o outro mexia um grande caldeirão borbulhante, usando uma colher para bater nos ingredientes mais vivos quando eles tentavam escapar. Ouviram um farfalhar vindo de algum lugar no chão da cozinha, e a grade de metal se moveu e começou a se erguer.

– O que foi isso? – perguntou o droide que cortava vegetais.

– Não sei – o outro respondeu. – Mais ratos?

– Vá procurar – disse o droide cozinheiro. – Avisarei o exterminador de ratos.

O droide que misturava o conteúdo da panela foi investigar e viu que a grade no chão havia sido tirada do lugar.

– Acho que não foi um rato. Chame a segur...

TUACK! Boba Fett pulou e deu uma pancada na cabeça do robô com o bastão gaderffii, e então foi até o outro droide, que parou de cortar vegetais e deu a volta no balcão, erguendo os braços para revelar uma gama impressionante de facas giratórias. Conforme Fett se aproximava, as facas giravam mais rápido, em um borrão de metal afiado.

Fennec apareceu atrás do droide e cortou o acoplamento mecânico que conectava sua cabeça à unidade principal do torso. A cabeça caiu em um tapete de vegetais fatiados.

– Ninguém acionou o alarme – disse Fett.

– Vamos até o hangar.

– Desviando dos guardas.

Eles congelaram ao ouvir o som de passos e se viraram para ver um pequeno droide de serviço LEP de olhos verdes dando a volta na esquina, carregando uma rede para capturar ratos. O droide parou e resmungou consigo mesmo, inspecionando a cozinha, e depois ergueu a cabeça para ver Fett e Fennec.

Fett o atacou, mas o droide se abaixou e fugiu para o outro lado da cozinha e por baixo da mesa, derrubando uma pilha de panelas no chão, retinindo. Ele saltou do topo do fogão até um conduíte aquecedor debaixo do eletrodoméstico, mas Fett finalmente conseguiu encurralá-lo na porta, pegando-o pelo pescoço.

– Te peguei. – Ele ergueu o droide. – Você sabe quem eu sou? Eu sou Boba Fett.

Aterrorizado, o droide LEP começou a chorar. As orelhas antenas de cima caíram em sinal de derrota conforme ele se esticava para se autodesativar. Seus olhos desligaram.

– Coisinha irritante – disse Fett, jogando-o em uma panela vazia com um clangor.

— Já acabou? — Da porta, Fennec observava toda a cena com sobrancelhas erguidas. — Podemos ir agora?

Eles foram para o hangar rapidamente, e Fett viu sua nave esperando por ele. Pelo que conseguia ver, não havia guardas e, a princípio, pareceu que eles conseguiriam fazer tudo sem dificuldades. Mas das sombras vieram os passos pesados dos guardas Gamorreanos avançando em direção a eles. Os Gamorreanos eram fortes, mas lerdos. Cada um deles pegou um guarda diferente, nocauteando-os e deixando-os inconscientes no chão.

— Bom trabalho — disse Fett.

Ela assentiu.

— O seu também.

Mais acima, um alarme foi acionado, retumbando pelo hangar. Mais guardas apareceram no corredor, disparando com os blasters enquanto corriam. Fett e Fennec se esconderam atrás de barris de armazenamento junto da nave, e Fennec atirou de volta, acertando um dos guardas enquanto os outros continuavam a atacar.

— Pode ir! — ela disse a Fett. — Eu cuido deles. Verifique se aquela coisa ainda voa.

Assentindo, Fett correu até a lateral da nave e escalou para entrar na cabine, recostando-se para olhar direto para cima. Ele podia ouvir o fogo blaster do lado de fora enquanto os guardas trocavam tiros com Fennec. Acionando os sistemas aviônicos, ele viu as luzes familiares da tela se iluminando enquanto as turbinas voltavam à vida com um rugido.

No hangar, Fennec viu mais guardas correndo para se juntar ao tiroteio. De seu esconderijo, viu um droide bamboleando pelo confronto, alheio ao que ocorria. Fennec disparou contra ele, atingindo-o em cheio.

CATCHUMMM! O droide se transformou em uma bola de fogo que arremessou meia dúzia dos guardas mais próximos para todos os lados. Ela girou, mirando dois outros guardas, observando a nave lutando para se erguer do chão do hangar. Sua posição estava cada vez mais instável. Outro destacamento de guardas estava chegando, e ela sabia que não tinha como lutar contra todos eles.

Naquele momento, Fett acionou os propulsores da nave, liberando uma tremenda explosão de energia que fez os guardas se espalharem. Fennec correu pela prancha, e houve um impacto quando a nave bateu contra a parede do hangar, derrubando-a.

– O que você está fazendo? – gritou Fennec.

– Precisamos abrir o portão, mas não consigo ver nada! – respondeu Fett.

Fennec olhou de relance para o guarda Gamorreano que a perseguira pela rampa de bordo.

– Estou ocupada aqui – disse ela, socando a cara do guarda.

A nave estava com dificuldade de se soltar, arrastando-se por estruturas de concreto, enquanto Fennec girava para ser confrontada por um guarda Nikto que havia escalado o casco da nave.

O Nikto deu-lhe um soco, e Fennec cambaleou para trás enquanto a nave virava para o lado debaixo dela.

– As armas estão emperradas! – berrou Fett. – Não dá para atirar!

Socando o estômago do Nikto, Fennec olhou para o hangar para ver o sistema de contrapeso ao lado da porta.

– Já sei! Recolha a rampa!

– É bom saber o que está fazendo – murmurou Fett.

Fennec agarrou o Nikto, virando-o para arremessá-lo para fora do casco da nave. Então, com a rampa se fechando debaixo dela, ergueu o rifle e atirou no contrapeso, atingindo-o em cheio. Ao redor deles, o metal começou a ranger, e ouviu-se um baque profundo enquanto o contrapeso descia, abrindo o portão do hangar com força.

A nave rugiu para longe de sua prisão e voou em céu aberto, sobrevoando a superfície planetária, para longe do palácio de Jabba.

– Da próxima vez – disse Fennec enquanto se afastavam do local –, vamos respeitar o plano.

Atrás dos controles, Fett a olhou de relance.

– Da próxima vez?

– Como está a nave?

– Está inteira – disse Fett. – Só um pouco enferrujada.

– Tem bons mecânicos em Mos Eisley – disse Fennec.

– Eu mesmo faço a manutenção – Fett falou para ela. – Existe uma vantagem em pensarem que você está morto. – Ele se acomodou no assento. – Sua dívida foi paga. Onde quer que eu a deixe?

Ela o espiou com o canto do olho.

– Para onde você vai?

– Tenho coisas a resolver – disse Fett.

Fennec pensou sobre o assunto por um longo momento.

– Eu te acompanho.

DEZESSEIS

RASTREAR A GANGUE NIKTO NÃO FOI DIFÍCIL. Fett já sabia por onde eles passavam e, planando ao alto, viu-os de longe. Sentiu a raiva apertar o peito ao ver os assassinos que mataram os Tuskens. Abaixando a nave, ele abriu fogo contra a gangue, matando o último com um míssil que fez a speeder bike e o motorista sumirem com uma explosão. Quando a nave saiu da posição de ataque, Fett olhou para Fennec para avaliar sua reação. Ela assentiu.

– Segure-se – disse quando eles aceleraram de novo, passando pelo céu acima do deserto em direção ao próximo destino.

– O poço do sarlacc – disse Fett conforme a nave pairava acima da bocarra aberta cercada de dentes que pareciam adagas. – Foi ali que eu fiquei preso anos atrás. É onde encontrarei minha armadura.

– Lá dentro? – perguntou Fennec. – Já foi dissolvida.

– Não. Ela é de beskar. – Ele guiou a nave para baixo, para dentro da boca do poço. A escuridão engoliu a cabine enquanto eles continuavam a descida lentamente, e ele ligou os sensores.

– Não consigo ver nada.

– Tome cuidado – disse Fennec.

Fett ativou os holofotes externos, iluminando os muros do poço, onde círculos de dente brotavam de todos os lados. Ele conseguia ver as paredes enrugadas do trato intestinal e as camadas de tecido mole, paradas, esperando.

Então, de repente, a coisa saltou contra eles, agarrando a *Firespray* com seus tentáculos musculares.

– Atire! – exclamou Fennec.

Fett abriu fogo, mas sem efeito. A nave grunhiu quando o sarlacc começou a arrastá-la para baixo. Os alarmes dispararam e piscaram na tela, e o sarlacc rugiu, faminto, puxando-os com mais força.

Fennec soltou o cinto para se esticar para cima e tocar em um botão do console, soltando uma carga sísmica. A carga deslizou para baixo e atingiu a boca do sarlacc, que a engoliu.

– Lá vem bomba – disse Fennec.

BUUUUUUMM!

O chão tremeu com a explosão sísmica, ondulando para fora do poço. Um instante depois, a nave se soltou, com os últimos tentáculos do sarlacc deslizando pelo casco. Fennec afundou de novo no assento com um suspiro aliviado.

Fett manteve os olhos no poço mais abaixo.

– Da próxima vez – disse ele –, não toque em meus botões.

MAIS TARDE, COM O SARLACC JÁ MORTO, BOBA FETT DESCEU DE NOVO no Grande Poço de Carkoon à procura de sua armadura. Quando voltou subindo pela corda, lutando para respirar, viu Fennec esperando para ver o que encontrara.

– Nada – ofegou. – Só tem lixo.

– Você está derretendo. Não é seguro lá. – Ela começou a jorrar água na cabeça dele, limpando os fluidos digestivos corrosivos.

– Minha armadura está lá – disse Fett.

– Ela serviu a seu propósito. Te salvou do ácido. – Fennec deu a garrafa a ele. – O que você precisa é de um tanque de bacta.

NAQUELA NOITE, FETT E FENNEC SENTARAM DO LADO DE FORA DA NAVE, compartilhando um jantar de scurrier assado nas chamas enquanto discutiam o futuro.

– Você falou sério quando falou em ter sua própria casa? – perguntou ela.

Fett respondeu a pergunta com outra.

– Quantas vezes você foi contratada para fazer um trabalho que seria desnecessário se os contratantes tivessem pensado um pouco? Quantos créditos não seriam ganhos? Quantas vidas teriam sido salvas?

– Então ficaríamos desempregados – disse Fennec.

– Estou cansado de gente como nós morrendo pela idiotice dos outros. Somos mais espertos do que eles. É nossa vez de assumir o controle.

Fennec o olhou de relance.

– Nós?

– Sim – disse Fett. – Se eu quiser começar uma casa, vou precisar de cérebro e músculos. Você tem ambos.

– É tentador – admitiu ela. – Mas sou uma trabalhadora independente. Posso fazer trabalhos para você, mas valorizo minha liberdade.

– Posso oferecer o que nenhum cliente jamais ofereceu – disse Fett.

– E o que seria?

– Lealdade. Sempre lucrará com meu sucesso. E darei minha vida para proteger a sua.

– Viver com os Tuskens te deixou fraco – disse Fennec.

– Não. Me deixou mais forte. – Fett a contemplou, os traços tremeluzindo com as chamas da fogueira, e compartilhou a lição que aprendera durante seu tempo com o Povo da Areia. – Não se chega muito longe sem uma tribo.

DEZESSETE

— PARABÉNS, MESTRE FETT — DISSE 8D8, erguendo um robe fora do tanque de bacta. – Você está completamente curado.

Boba Fett saiu do tanque e se vestiu.

– Alguma notícia do mordomo do prefeito? Ele está cooperando? – perguntou a Fennec enquanto ela andava até lá.

– Ah, ele está cantando como um Yuzzum. Mas ainda não há sinal do prefeito.

– Minha armadura, rápido – Fett disse a 8D8.

– Relaxa – disse Fennec. – Os Mods estão vasculhando as ruas de Mos Espa. Se ele estiver aqui, o encontrarão.

– Eu preciso me mostrar pela cidade – disse Fett. – O poder odeia o vácuo.

FETT ENTROU NO SANTUÁRIO DE GARSA E TIROU O CAPACETE A TEMPO de ver Krrsantan, o Wookiee, dando uma surra em um grupo inteiro de Trandoshanos. Krrsantan agarrou um Trandoshano azarado e o ergueu no ar.

– Acho que todos já entenderam – falou Garsa com sua diplomacia característica, indo até o que restou da área de apostas.

Krrsantan parou no meio de sua destruição, ouvindo.

Garsa continuou:

– Não está abaixo de você desmembrar esse Trandoshano infeliz?

O Trandoshano, choramingando, claramente concordava.

– Milhares já vibraram com tal demonstração – disse Garsa, pousando uma mão gentil em seu ombro –, mas estes dias passaram. – O Wookiee grunhiu, mas ela abaixou a voz até quase sussurrar, como se fosse confidenciar algo a ele. – Neste lugar mais civilizado, nestes tempos mais civilizados, o que já foi celebrado num banho de sangue de uma arena agora é visto como horror e crueldade.

Krrsantan pareceu relaxar, soltando de leve o Trandoshano.

– Muito bem – disse Garsa, sorrindo –, não é melhor assim? E você não tem mais nada a provar. – Ela o acariciou. – Você é um campeão. Está acima dessa pequenez. Agora – ela estendeu um único dedo, sua voz ficando um pouco mais dura –, a sua conta no bar está bastante alta, Santo. Então, o que você acha de soltar esse cliente e deixar esse pessoal voltar para a diversão? E, para compensar – outro sorriso familiar e íntimo –, eu elimino a sua dívida. O que me diz?

Krrsantan soltou um grunhido suave e se virou para olhá-la, como se considerasse a proposta. Então, arrancou o braço do Trandoshano.

A multidão soltou um som alto de choque e descrença quando o braço mutilado bateu contra o chão de forma audível. Garsa arfou, exasperada, e saiu andando de lá.

O Wookiee soltou um punhado de créditos na mão da recepcionista mais próxima e foi até a saída, onde Fett continuava parado, absorvendo a cena. Krrsantan pausou por tempo o bastante para rosnar para Fett e, então, saiu pela porta.

Fett olhou de relance para Garsa.

– Valeu a tentativa.

Ela deu de ombros e revirou os olhos, e então gesticulou para o líder da banda.

– Manda ver, Max.

— AMIGO.

Ao ouvir a voz atrás de si, o Wookiee parou de andar. Ele reconheceu a voz, é claro – ela pertencia a Boba Fett.

– Parece que você precisa de um trabalho.

Devagar, grunhindo, Krrsantan se virou para ouvir a oferta.

DENTRO DO PALÁCIO DE BOBA FETT, FETT E FENNEC OFERECIAM UM banquete para os chefes criminosos locais, todos sentados ao redor da mesa ouvindo o que Fennec tinha a dizer.

– Jabba, o Hutt, já se sentou nesse trono – disse ela. – O reino dele terminou com uma bola de fogo no Mar de Dunas, e então Bib Fortuna assumiu o posto. – Ela contemplou todos os rostos que a olhavam. – Todos vocês foram capitães de Hutt, mas rapidamente abandonaram a família quando Fortuna se titulou herdeiro. Ele foi um péssimo líder e não tinha direito ao posto. Cada um de vocês tentou tirá-lo de lá, mas todas as tentativas foram frustradas pela sagacidade dele.

Ela avançou até o fim da mesa, onde Fett estava sentado.

– Foi preciso que este homem, Boba Fett, fizesse isso – continuou Fennec. – Todos vocês acumularam riquezas com Jabba, o Hutt. E poderão de novo, se escutarem Boba Fett.

Ela se sentou em seu lugar, deixando eles pensarem, e Fett falou.

– Eu posso me sentar naquele trono. Mas não tenho ambições para os territórios de vocês. Não peço tributos, nem espero que vocês me deem nada. Estou aqui para fazer uma proposta que beneficia a todos.

Os ouvintes se inclinaram para frente conforme ele se aproximava da verdadeira questão.

– Estou certo de que todos sabem que o Sindicato Pyke está reunindo tropas em Mos Espa. Eles absorveram nosso planeta lentamente como parte de seu comércio de especiarias. Subornaram o prefeito e estão drenando as riquezas de Tatooine.

– Nós ganhamos muitos créditos com a venda de especiarias em nossos territórios – disse Dokk Strassi, do lado oposto da mesa. Havia sido ele o Trandoshano que viera oferecer tributos a Boba Fett anteriormente, e seu comportamento continuava tão astuto e duvidoso quanto antes.

– Por que você merece ser o Daimyo? – um capitão Klatooiniano interrompeu, hostil. – O que nos impede de matá-lo e pegar o que quisermos?

Todas as cabeças se voltaram para Fett, aguardando sua resposta. Mas, antes que pudesse dizer mais alguma coisa, um rugido retumbante fez o chão tremer, sacudindo a mesa e os pratos, empurrando a todos de seus assentos. As garras do rancor irromperam pela grade debaixo deles, e os capitães olharam-se enquanto se afastavam, inquietos.

– Calma, garoto – disse Fett, tranquilo, enquanto jogava um naco de carne pela grade. – Calma. Ele está com um pouco de fome. – Olhando para os outros, fez um gesto para que voltassem para a mesa. – Sentem-se, por favor.

Precavidos, os capitães voltaram às cadeiras, e Fett continuou.

– Por que falar em conflito, quando a cooperação pode nos deixar ricos?

Um capitão Aqualish falou em sua própria língua, e 8D8 apressou-se para traduzir.

– Mestre Garfalaquox perguntou o que o senhor está propondo.

– Estou propondo que todas as famílias de Mos Espa se juntem em uma aliança de defesa até o Sindicato Pyke ser derrotado.

– Eles só atacaram o seu território – protestou o capitão Klatooiniano, apontando um dedo para Fett para enfatizar o ponto. – Por que deveríamos derramar o sangue de nossas famílias por uma disputa entre você e os Pyke?

Fett apoiou as mãos na mesa e se levantou.

– Então eu travarei essas batalhas sozinho. Acabarei com esses sanguessugas que drenam nosso planeta. Deixarei as ruas seguras novamente para que todos nesta sala possam prosperar. – Ele os encarou com firmeza. – Tudo que peço é que se mantenham neutros se o Sindicato Pyke pedir que me traiam.

Os capitães murmuraram uns com os outros em suas próprias línguas, debatendo.

– Isto é aceitável – disse Strassi, e os outros concordaram, erguendo suas taças.

— ACREDITA NELES? — PERGUNTOU FENNEC MAIS TARDE, QUANDO ELA e Fett estavam na sacada, observando os convidados partirem no fim do dia.

– Acredito que trabalharão em interesse próprio – disse Fett. – Minha proposta é bem melhor do que a que o Sindicato ofereceria. – Ele olhou para baixo para ver as luzes dos veículos deslizantes dos capitães conforme eles se afastavam do palácio e sumiam na noite. – Eles podem ser teimosos, mas não são tolos para não ver que eventualmente os Pyke tomarão posse de todo o planeta. – Ele respirou fundo. – De qualquer forma, devemos nos preparar para a guerra.

– Quanto ainda temos em nossas reservas? – perguntou Fennec.

– Eu tenho muitos créditos. O que não tenho é força de ataque.

– Créditos podem resolver isso – falou Fennec. – Se souber onde procurar.

Fett olhou para ela, perguntando-se se tinha alguém em mente. Teve a forte sensação de que a resposta era sim.

O RETORNO DO MANDALORIANO

DEZOITO

O AR DENTRO DO ABATEDOURO FEDIA A SANGUE. Os murmúrios dos açougueiros Klatooinianos ecoavam contra os azulejos das paredes enquanto eles trabalhavam, cortando e serrando. Trabalhadores empurravam carretas de carne crua pelo chão úmido. Outros afiavam os cutelos ou poliam as facas. Nacos grandes de carcaças animais pendiam de ganchos do teto.

Um dos açougueiros olhou para cima quando a figura passou pela porta. Visitantes eram uma visão pouco comum, particularmente quando vestiam uma armadura de beskar.

O Mandaloriano havia chegado.

O caçador de recompensas passou pelos pedaços de carne, indo até o escritório improvisado na outra ponta do local. Dentro dele, um Klatooiniano estava sentado atrás de uma escrivaninha coberta de pilhas de créditos. Ele se vestia um pouquinho melhor do que os açougueiros, com um colete marrom e mangas de camisa, e encarou o Mandaloriano sem esconder a desconfiança. Havia mais dois a seu lado, um sentado e o outro de pé, e Mando ouviu o som dos passos de outros trabalhadores que o seguiram até lá.

– Que foi? Está perdido? – disse o Klatooiniano atrás da escrivaninha.

– Estou aqui por Kaba Baiz – disse Mando.

– Por que acha que ele está aqui?

Mando pegou um sinal de rastreamento e mostrou-o a ele, a luz vermelha piscando em um ritmo estável.

– O que você quer com ele? – exigiu saber o Klatooiniano.

– Ele deve dinheiro a alguém importante.

– Quem?

– Isso não me interessa – disse Mando. – Vim aqui para buscá-lo.

– Bom, se ele aparecer, digo a ele.

Mando pegou um holograma e o ativou, deixando-o na escrivaninha.

– Para mim, ele já apareceu.

– Não sou eu. – O Klatooiniano deu uma risadinha ao ver a imagem no holograma, olhando de relance para um dos capangas ao seu lado. – Esse daí nem parece comigo.

Mando se virou para reconhecer a presença da meia dúzia de brutamontes ao seu redor.

– Estou dando a vocês a oportunidade de saírem daqui agora – falou. – Não tenho nada contra vocês.

Baiz acomodou-se em sua cadeira.

– Eles não vão a lugar nenhum. Pelo que estou vendo, você está cercado. Mas você parece um sujeito prático. – Ele fez um gesto para a escrivaninha cheia de moedas. – Vamos avaliar nossas opções.

Mando não respondeu por um momento.

– Eu posso levar você quente – disse, tirando o blaster do coldre –, ou posso levar você frio.

Do nada, um dos capangas lançou-se para frente e mordeu a mão de Mando, forçando-o a soltar o blaster. Mando deu uma cabeçada nele, virou-se e afundou o joelho no peito de outro dos brutamontes de Baiz. Atrás dele, um terceiro abriu fogo com um blaster, os disparos defletidos pelo beskar de Mando.

Mando esticou-se para baixo e desembainhou o Sabre Negro. A lâmina preta crepitou quando ele a balançou, cortando a mão de um dos agressores na altura do pulso. Quando outros dois o atacaram, Mando acabou com eles com um golpe de cotovelo e um chute na cara. Ele moveu o Sabre Negro de novo, mas o peso da arma começou a puxá-la para o chão. Firmando-a, Mando cortou um pedaço de carne pendurada e então levantou o sabre mais alto e atacou, empurrando-o para frente para empalar outro dos capangas pelo estômago.

Enquanto Mando puxava a lâmina para fora, sentiu uma agonia chamuscante em sua perna. Ao olhar para baixo, viu que havia se cortado com o Sabre Negro. Trincando os dentes, conseguiu lutar contra os dois últimos adversários, nocauteando-os. Fogo blaster ricocheteava contra suas costas, e ele notou que Baiz havia saído de trás da escrivaninha e estava atirando contra ele.

Mando girou e investiu contra ele, esfaqueando-o no peito com a vibrolâmina e batendo seu corpo contra a parte de cima da escrivaninha. Então, com um grunhido de esforço, ergueu o Sabre Negro acima da cabeça e o levou para baixo, partindo o Klatooiniano ao meio junto com a escrivaninha. Tanto Baiz quanto a escrivaninha desabaram.

Quando Mando saiu do escritório, os outros trabalhadores se juntaram do lado de fora, encarando-o de olhos arregalados.

– O chefe de vocês está morto. Estou aqui só pela recompensa. – Mando indicou a sacola em sua mão, que continha a cabeça decepada de Baiz. – Não tenho problema com nenhum de vocês. Tem uma pilha de créditos da Nova República lá que não me diz respeito. Se me derem a honra de passar, vocês podem pegar qualquer coisa que acham que merecem de seu antigo empregador.

Trocando olhares preocupados com seus colegas de trabalho, um dos açougueiros passou por Mando, e todos o seguiram até o escritório. Quando todos já haviam entrado, ele começou a mancar lentamente para fora da sala.

A MEGAESTRUTURA EM FORMATO DE ANEL DE GLAVIS ERA UM CENTRO urbano de luz e escuridão, constantemente mudando, sua arquitetura iluminada por ciclos perpétuos de luz estelar obstruída ou não obstruída. Mando andou pela gravidade artificial de suas ruas com a cabeça na sacola e foi até o turboelevador da torre diante dele.

Enquanto o elevador subia, sentiu os olhos curiosos de um Caskadag focarem na sacola. Mando espiou de relance o Caskadag, que olhou para o lado rapidamente.

O elevador parou, abrindo espaço para um ambiente enorme com jeito de boate, uma suave música atmosférica tocando mais acima e gente dançando e interagindo de forma casual no fundo. Mando foi até uma mesa próxima à parede, onde uma mulher Ishi Tib de pele verde estava sentada com sua comitiva, aproveitando a refeição.

– Que rápido – disse ela, falando em Huttês. Tinha olhos grandes que se projetavam para fora das órbitas, um de cada lado da cabeça, e uma boca que parecia um bico retorcendo-se no que poderia ser um sorriso ou uma expressão de desdém. – Você é um bom caçador.

Mando deixou a sacola com a cabeça na mesa diante dele.

– Quero meu pagamento. E a informação que me prometeu.

– Por que você está apressando os negócios, Mando?

– Não devo satisfação – respondeu. – Me pague.

A Ishi Tib não se incomodou em esconder a decepção.

– Sente-se e aproveite uma refeição conosco.

– Onde fica o duto de acesso mais próximo para a substrata?

– Sente-se e coma um banquete conosco – disse a anfitriã em potencial, petulante – ou não direi nada.

– Fique com seu pagamento. Tem outras recompensas por este Klatooiniano. – Ele pegou a cabeça. – Se você não me der a informação, alguém vai dar.

– É no Beco Kolzoc, pelas torres de ventilação de calor – disse ela. – Por favor, sente-se. Tenho outro trabalho para você.

Mando deixou a cabeça cair de novo na mesa.

– Se eu fosse você, colocaria isso no gelo – aconselhou, virando-se para voltar ao turboelevador.

QUANDO CONSEGUIU DESCER ATÉ A SUBSTRATA, A DOR DA QUEIMADURA que causara a si mesmo com o Sabre Negro tinha ficado ainda mais intensa. O pior é que a própria perna parecia enfraquecida e instável, e ele quase caiu da ladeira que levava às profundezas da cidade.

Ativando o escâner multiespectral em seu capacete, Mando estudou os símbolos de mitossauro ocultos no muro, direcionando-o para frente. Seguindo a trilha, entrou em uma escotilha que levava a uma escadaria escondida.

Ele dava um passo de cada vez, agarrando o corrimão para manter-se erguido. Mais à frente, conseguia ver uma figura sentada no fim de um longo corredor com vista para a vastidão estrelada além do anel da cidade. Chegou ao degrau de baixo e sua perna cedeu completamente, fazendo-o cair no chão, tinindo.

Lentamente, a figura no fim do corredor olhou ao seu redor.

– Cuide dele – disse a Armeira.

Mando ergueu a cabeça e viu outro Mandaloriano, Paz Vizsla, aproximando-se com um kit médico.

– Não sabia se em algum momento veria você novamente – disse Paz enquanto examinava a queimadura na perna de Mando.

– Obrigado por me salvar em Nevarro. Sinto muito por seu sacrifício.

– Existem três de nós agora – disse Paz. Ele começou a passar spray de bacta na ferida da perna enquanto Mando grunhia de dor. – Logo você ficará bem.

– Que arma causou tal ferimento? – indagou a Armeira.

Mando esticou-se para baixo e levantou o Sabre Negro.

– Esta.

– Paz Vizsla, traga para mim.

Paz pegou o Sabre Negro da mão de Mando, estudando-o enquanto andava até o local onde a Armeira aguardava.

– Toda essa história de Império – disse ela, tomando a arma –, e eles duraram menos de trinta anos. Os Mandalorianos existem há dez mil. – Ela ativou o Sabre Negro, segurando-o no ar. – O que você sabe sobre esta lâmina?

– Me disseram que é o Sabre Negro – falou Mando.

– De fato é. Compreende o significado disso?

– Quem o brandir pode liderar todo Mandalore.

– Se for conquistado pela Doutrina em uma batalha – explicou a Armeira, levantando a lâmina negra diante do rosto. – Dizem que um guerreiro derrotará vinte, e que multidões cairão diante dele. Se, por outro lado, não for conquistada em combate e cair nas mãos de não merecedores, uma maldição assolará as nações. – Ela desativou a lâmina. – Mandalore será devastado e seu povo será espalhado pelos quatro ventos.

Grunhindo, Mando se levantou e olhou para ela.

– O punho é de um tipo de beskar que nunca vi antes.

– Foi forjado mais de mil anos atrás pelo Mandaloriano Tarre Vizsla – disse a Armeira. – Ele era tanto Mandaloriano quanto Jedi.

– Já conheci dois Jedi – disse Mando.

– Então completou sua missão. E pode se juntar ao nosso grupo enquanto nos reestruturamos.

Mando assentiu.

– Este é o caminho.

– Este é o caminho – ecoou Paz Vizsla.

A Armeira estendeu a mão, devolvendo o Sabre Negro para Mando.

– Este é o caminho.

DEZENOVE

RECONSTRUIR O ESCONDERIJO ERA UM TRABALHO difícil que requeria toda a força de Mando, especialmente quando ele ainda estava se recuperando da ferida na perna. Enquanto ele e Paz Vizsla içavam o fundidor para colocá-lo no lugar, reunindo seus vários componentes, Paz olhou para cima para vê-lo, curioso.

– Como o Sabre Negro acabou nas suas mãos?

– Eu derrotei Moff Gideon – disse Mando.

– Você o matou?

– Não, mas ele foi enviado para a Nova República para ser interrogado, e pagará pelos crimes que cometeu.

Paz grunhiu.

– A morte teria sido um pagamento justo por suas atrocidades.

– Isso é verdade – disse a Armeira ao entrar. – O sangue de milhões do nosso povo está nas mãos dele.

– Então ele será executado por seus crimes no tribunal da Nova República – disse Mando.

– Veremos. – Ela ativou o fundidor, fazendo uma nuvem de vapor sair do caldeirão. – Canções de eras passadas predizem um mitossauro se erguendo para anunciar a nova era de Mandalore. – Ela abriu o console da parede diante dela e pegou as ferramentas de fundição. – Infelizmente, isso não passa de uma lenda. Onde você encontrou a lança de beskar?

Mando levou a mão às costas, sacando a lança de onde ela descansava por cima de seu ombro.

– Foi presente de uma Jedi. Ela consegue bloquear um sabre de luz. Eu a usei para derrotar Moff Gideon.

– Ela também pode penetrar armaduras de beskar – disse a Armeira. – A mera existência dela coloca Mandalorianos em risco. O aço Mandaloriano foi feito para armaduras, não armas.

Mando entregou a lança a ela.

– Então faça dela uma armadura.

Ela pegou a arma.

– O Sabre Negro é uma arma mais nobre para você empunhar – disse ela, deixando a lança no canto do fundidor.

Mando sentou do outro lado da câmara e olhou para ela.

– Já ouviu falar de Bo-Katan Kryze?

– Bo-Katan demanda cautela – disse a Armeira enquanto vertia o líquido de um tubo dentro do contêiner. – Um dia, ela reivindicou Mandalore baseando-se unicamente em sangue e na espada que você agora possui. Mas a espada foi um presente, não conquistada em combate. Bo-Katan Kryze nasceu em uma casa poderosa, mas eles perderam o Caminho.

Colocando a ponta da lança nas labaredas azuis das chamas, ela a esquentou até que cintilasse em um vermelho vivo.

– A liderança dela acabou em tragédia – continuou. – Eles perderam a direção, e nós perdemos nosso planeta. Se nossa seita não tivesse se enclausurado na lua de Concordia, nós não teríamos sobrevivido ao Grande Purgo. Eventualmente, intrusos Imperiais destruíram tudo que conhecíamos e amávamos na Noite das Mil Lágrimas.

Mando ouvia enquanto as palavras da Armeira evocavam uma litania de imagens terríveis em sua mente. Ele conseguia imaginar facilmente os bombardeiros TIE castigando Mandalore com armas de destruição em massa. Os bombardeiros atacaram Sundari primeiro, destruindo-a em uma desmedida tempestade de fogo com fumaça e chamas borbulhantes. Depois, droides sonda tipo Viper e droides de segurança tipo KX chamuscaram as ruínas atrás de sobreviventes, executando-os com eficiência brutal.

– Somente aqueles que trilharam o Caminho escaparam da maldição profetizada na Doutrina – continuou a Armeira. – Apesar dos nossos estarem espalhados pelo vento, nosso respeito ao Caminho preserva nosso legado para futuras gerações, até que um dia possamos voltar à nossa terra natal. – Ela ergueu a lança, estudando a ponta cintilante. – O que eu deveria forjar?

– Algo para um enjeitado – disse Mando.

– Como deve ser.

– Para um enjeitado específico – disse. – Grogu.

Ela o olhou.

– Ele não está mais sob sua guarda. Está com seu povo agora.

– Eu quero vê-lo – disse Mando. – Para me certificar de que está seguro.

– Para poder dominar os caminhos da Força – disse a Armeira –, os Jedi precisam rejeitar qualquer relacionamento.

– Isso é o oposto de nossa Doutrina – falou Mando. – Lealdade e solidariedade são o caminho.

– O que eu deveria forjar para o enjeitado Grogu?

Mando disse e aguardou enquanto ela trabalhava, martelando o beskar aquecido e forjando o resultado em pequenas correntes de cota de malha. Quando terminou, ela embrulhou o item em um tecido e o passou para ele.

— *Solus* — chamou a Armeira, contando em Mando'a — *t'ad, ehn, cuir*.

Ela e Mando estavam em um andaime praticando combate com espadas. Mando brandia o Sabre Negro enquanto a Armeira atacava, usando suas ferramentas contra a lâmina em uma série de impactos e tinidos. Com cada movimento, Mando sentia o Sabre Negro ficar mais e mais incômodo de empunhar, e logo ele estava grunhindo e lutando para se equilibrar com o mero ato de segurar a arma. Quando balançou o sabre pela última vez, o impulso fez com que se desequilibrasse, e ele cambaleou para fora da ponta do andaime.

– Você está lutando contra a lâmina – disse ela, enquanto Mando usava o jato propulsor para voar de volta à posição em que estava.

– Ela fica mais pesada a cada movimento – falou, mal conseguindo fazer mais do que ficar de joelhos.

– Sim, porque você está lutando contra a lâmina – repetiu ela. – Você *deveria* estar lutando contra seu oponente. Levante-se.

Resmungando com o esforço, Mando se forçou a ficar de pé. O Sabre Negro era tão pesado em suas mãos que teve de arrastá-lo pela treliça metálica debaixo de seus pés, conseguindo levantar apenas a ponta com muita dificuldade. Quando finalmente deixou a lâmina na altura dos olhos, a Armeira o atacou com uma série de golpes com as ferramentas, empurrando-o para trás e forçando-o a se render.

– Isso – disse ela. – Sinta. Você está fraco demais para lutar contra o Sabre Negro. – Ela o pressionou para baixo. – Ele vai vencer, se lutar contra ele. Você não sabe controlá-lo com sua força.

Mando se levantou, acalmando a respiração.

– Quero tentar de novo.

– Persistência sem discernimento levará à mesma conclusão – disse ela, firme. – Seu corpo é forte, mas sua mente está distraída.

– Eu estou focado.

– A lâmina discorda.

Do outro lado da plataforma, Paz Vizsla apareceu em seu campo de visão.

– Talvez o Sabre Negro deva ficar nas mãos de outra pessoa.

Mando o contemplou.

– Talvez.

– Ele foi forjado por meu ancestral, o fundador da Casa Vizsla.

– E agora pertence a mim – disse Mando.

– Porque você o conquistou em um combate.

– Exato.

– E agora é a minha vez de conquistá-lo – disse Paz, andando até ele em passadas largas.

A Armeira se virou para Mando.

– Você concorda com este duelo, Din Djarin?

– Sim – disse Mando.

Ela se afastou e deixou os dois frente a frente, levantando os punhos de cada lado da plataforma. Tanto Mando quanto Paz removeram seus jatos propulsores, deixando-os de lado. Mando ativou o Sabre Negro ficando imediatamente consciente do peso que carregava. Paz ativou o escudo de sua manopla e sacou a vibrolâmina, e Mando o atacou.

Ele brandiu o sabre e Paz se defendeu com o escudo. Trocaram uma série de golpes velozes, e Mando já conseguia sentir o poder do Sabre Negro repuxando seus músculos enquanto Paz dava uma cabeçada nele com o capacete e o lançava para trás. Paz agarrou os ombros de Mando, bateu a cabeça dele contra um pilar, e então se abaixou para pegar o Sabre Negro caído.

– O destino trouxe esta lâmina de volta para o meu clã – grunhiu Paz ao balançar o Sabre Negro –, e agora o destino trará a morte para você.

Mando se abaixou e a lâmina do Sabre Negro sibilou para longe dele, colidindo com o muro em um jato de faíscas. Paz esforçou-se para soltar a arma de onde ela ficara presa – e baixou a guarda. Mando golpeou o peito de Paz, tirando o ar de seus pulmões, e então tomou a vibrolâmina e a colocou contra sua garganta, mantendo-a ali.

– Já chega – disse a Armeira, encerrando o duelo. – Paz Vizsla, você já retirou o capacete alguma vez?

– Não – disse Paz.

– Ele já foi removido por alguém?

– Nunca.

– Este é o caminho.

– Este é o caminho – repetiu Paz.

– Din Djarin, você já removeu o seu capacete?

Mando continuou sem se mover, sem dizer nada, mantendo a lâmina contra o pescoço de Paz, e a Armeira repetiu a pergunta.

– Você já removeu o seu capacete? – Ela aguardou. – Pela Doutrina, você deve confessar.

Mando abaixou a vibrolâmina e soltou Paz, empurrando-o para o lado e ficando de pé.

– Já removi.

– Então não é mais um Mandaloriano – disse a Armeira.

Mando sentiu o peito se apertar ao ouvir o pronunciamento. A declaração da Armeira pairou sobre ele como uma sentença de morte.

– Suplico seu perdão – disse. – Como posso me redimir?

– Vá embora, apóstata – rosnou Paz no chão abaixo dele.

– De acordo com a Doutrina – falou a Armeira –, só é possível se redimir sob as águas-vivas debaixo das minas de Mandalore.

– Mas todas as minas foram destruídas – disse Mando.

– Este é o caminho – disse ela.

Mando se abaixou para pegar o Sabre Negro. Não havia mais nada a ser dito. Ele se afastou de Paz Vizsla, da Armeira, saiu do esconderijo e foi até a superfície da cidade.

VINTE

VOOS COMERCIAIS NÃO SERIAM A PRIMEIRA ESCOLHA de Mando, mas sem uma nave, não tinha escolha. O voo 1020 não tinha paradas até Tatooine e, quando ele se aproximou da prancha de bordo, o alarme de segurança apitou.

– Com licença, senhor – disse o droide série RX. – Você vai precisar remover suas armas.

– Sou Mandaloriano. As armas fazem parte de minha religião.

– Sinto muito, senhor. Não é possível embarcar em um voo comercial portando armas. Se quiser discutir a questão com meu supervisor, eu prontamente mudarei seu voo para amanhã.

Mando suspirou.

– Está bem – disse. Enquanto os outros passageiros passavam por ele, Mando tirou a pistola blaster e as aves sibilantes, e então acrescentou os pinos e o lança-chamas, os cartuchos da bandoleira, o cabo com gancho, a vibrolâmina e, finalmente, o Sabre Negro, deixando todos dentro de um contêiner de carga e trancando-o. Ele apontou para o droide. – Eu sei tudo que tem aí dentro.

– Prossiga – disse o droide.

Mando se virou para embarcar pela rampa.

APÓS A DECOLAGEM, ELE SE RECLINOU NO ASSENTO PARA PASSAGEIROS, contemplando as estrelas. Tinha a sensação de ser observado, e notou um menininho Rodiano diante dele, espiando-o por cima do assento. A criança acenou e um de seus pais falou para ele se sentar. Mando olhou de relance para o embrulho de tecido com a cota de malha de beskar que pediu que a Armeira forjasse para Grogu.

A nave continuou a voar.

MANDO CHEGOU NO ESPAÇOPORTO DE MOS EISLEY, PEGOU SUAS ARMAS de volta e depois foi ao hangar três-cinco. Estava torcendo para encontrar Peli Motto, mas não esperava vê-la sendo arrastada por um rato womp.

– Me pegou! – Ela berrava para os droides enquanto o rato a puxava para trás de um caixote de equipamento. – Ele está mordendo! Socorro!

TCHUMMM! Atrás dela, Mando disparou uma única vez, tirando o rato da perna de Peli.

– Uma entrada e tanto – disse Peli, ficando de pé para checar os droides que ficaram tremendo de medo durante o ataque. – Olha só, gente, é o Mando!

Os droides se afastaram com grunhidos pesarosos.

– A que devemos tal prazer? – perguntou Peli enquanto saíam do hangar. – Está aqui para matar outro dragão? Procurar alguma recompensa valiosa?

– Recebi sua mensagem. Você disse que encontrou uma substituta para a *Razor Crest*.

– É – disse Peli. – Isso aí. É o que eu falei. É o que eu faço. Tenho ralado meu couro, pois é. – Ela o olhou esperançosamente. – Você trouxe a grana?

– Está bem aqui – disse Mando, entregando-a.

– Você se importa se eu contar quanto tem? Não é que eu não confie em você. Só quero ter certeza de que você não está pagando mais do que deveria. – Peli olhou para os droides. – Ei, façam alguma coisa útil. Contem isso e aqueçam a grelha antes de aquele rato womp ficar ruim. – Ela se virou para Mando. – É por aqui. Espere até você olhar essa belezinha. – Enquanto andavam, ela perguntou: – E aí, onde está seu companheiro inusitado?

– Eu o devolvi para o povo dele – disse Mando.

– Por que você fez uma coisa dessas? – perguntou Peli, dando uma risadinha. – Eu teria feito um dinheirão com aquela coisinha. Poderia abrir um zoológico para fazerem carinho nele.

– Cadê a nave?

– Logo ali. – Ela o guiou para outro ancoradouro, onde uma lona cobria um grande objeto bem no meio do espaço aberto. – Pronto para ficar impressionado?

Com um gesto dramático, ela puxou o pano para revelar o esqueleto de um caça com partes faltando. Mando encarou a nave por um momento, confuso. Ela não tinha placas inteiras da capota do motor, expondo os componentes eletrônicos internos do veículo, nenhum deles parecendo estar em bom estado.

– Cadê a Razor Crest? – perguntou ele.

– Eu nunca disse que tinha uma Razor Crest. Eu disse que tinha uma substituta para ela.

Mando sacudiu a cabeça.

– Não tenho tempo para isso.

– Espera só um segundo – disse Peli. – Você faz a mínima ideia do que é isto? É um caça estelar N-1, feito à mão para a guarda real e encomendado pessoalmente pela rainha de Naboo.

– Isto – disse Mando, apontando – é uma pilha de lixo.

Peli suspirou.

– Você quer seus créditos de volta?

– Sim.

– Sem problema, meu amigo – disse ela, chamando os droides de reparo. – Droides, tragam os créditos deste agradável homem! – Ela olhou mais uma vez para Mando. – Aqui está. É fácil assim. Desculpa por fazer você perder seu tempo. Tá? – Ela suspirou de novo, cruzou os braços e balançou o corpo, admirando o caça estelar parcialmente desmontado. – Enquanto esperamos, posso ao menos te contar uma coisinha a respeito deste bebê? Sei que ele não parece grande coisa, mas você chegou bem mais cedo do que achei que chegaria, e eu não tive tempo para terminar. Quer dizer, claramente você consegue ver que eu tenho todas as peças bem aqui.

Uma peça caiu do caça e bateu no chão, clangorando.

– Você sabe como é difícil achar todas as peças originais da época da República Galáctica? Quer dizer, todas elas foram fabricadas à mão. *Sem droides*. E não só isso, o que eu vou fazer, só porque gosto de você, é botar algumas modificações customizadas que vão deixá-lo mais rápido que um fathier, e já que esta belezinha é de antes do Império, ela é não é rastreada. – Peli olhou para Mando com esperança, o discurso de venda ganhando força. – Já te falei que ela pode pular para o hiperespaço sem um anel de acoplamento? Quer dizer, fala sério! Você tem que admitir que ela tem potencial.

Mando se abaixou e puxou uma peça do coletor de refrigeração, que caiu, esguichando líquido no chão.

– Estou dizendo, Mando. Você precisa acreditar em mim. Esta nave é um clássico. Ao menos me deixe montá-la antes de você decidir. Você vai fazer isso por mim? Hein? Maravilha.

Mando não disse nada enquanto Peli pegava um punhado de ferramentas.

— Vamos deixar essa beleza pronta para a ação — disse ela. — Sabe, com ajuda é bem mais rápido.

E entregou a ele uma chave inglesa.

MAIS TARDE, MANDO ESTAVA TRABALHANDO DEBAIXO DO CAÇA ESTELAR enquanto o droide BD de Peli iluminava o trem de pouso da nave. Estava indo devagar, porque o droide ficava movendo a cabeça, quando ele precisava enxergar o que estava fazendo.

— Só foque aqui — disse, apontando. — Só pare de se mexer e mire bem aqui.

— Tenho ótimas novidades — falou Peli, empurrando um carrinho com uma peça circular de equipamento dentro dele. — Consegui um assimilador de força turbônica! Você vai ter a nave mais veloz da Orla Exterior.

Mando deslizou para fora da parte de baixo do caça e andou até ela para inspecionar o assimilador.

— Onde conseguiu isso?

— Está novinho em folha! — Peli falou com orgulho. — Bom, novinho em *Jawa*.

— Os Jawas tinham um assimilador de força turbônica de um caça estelar da era da República Galáctica?

— Bom, eles não tinham. Eles *conseguiram* um.

— De onde?

— Tatooine tem tudo, se souber procurar — disse Peli.

Mando só olhou para ela.

— Não entendi.

— Dei uma lista de peças para eles e eles as acharam para mim — disse ela. — Eu não pergunto, eles não contam. Trazem o que eu pedir. Em troca, deixo eles fuçarem meu lixo.

– Posso falar com eles? – perguntou Mando.

– Claro, pode ser. – Ela aumentou o tom de voz. – Errecinco! Veja se os Jawas ainda estão lá atrás! – Enquanto R5-D4 rolava para longe deles, Peli virou-se de novo para Mando e continuou em um tom mais baixo: – Namorei um Jawa uma época. Eles são peludos. Muito peludos. Um monte de problemas...

Um par de Jawas apareceu atrás dela, falando um com o outro, os olhos brilhando atrás dos capuzes.

– Ah, lá estão eles – disse Peli.

– Se eu der a eles uma lista de peças, eles conseguiriam para mim?

Peli deu a volta, falando em Jawaês, e os três passaram um momento negociando.

– Eles disseram "faça uma lista" – disse Peli – que "a gente vê o que há disponível".

– Tudo bem – respondeu Mando. – Preciso de peças de reposição modificadas para velocidade. Customizadas. Vamos precisar de partes vintage que se encaixem nesta antiguidade.

– Olhe só para você – disse Peli. – Não se preocupe com o formato e o tamanho. Consiga as peças que quiser, e vou dar um jeito, tá bom? – Ela sorriu. – Já falei que eu namorei um Jawa. Sei o que estou fazendo, tá?

Um dos Jawas respondeu de forma entusiasmada.

– Ah, eu sei – disse Peli. – Estou trabalhando em mim agora. Só encontrem as peças. – Então, ela olhou de relance para Mando. – Peludos – murmurou.

VINTE E UM

MANDO E PELI TRABALHAVAM LADO A LADO para reconstruir o caça, um processo que, entre outras coisas, envolvia todos os droides dela revirando partes do ferro-velho por todo o hangar, montando-as e depois passando-as a ela. Quanto mais tempo passavam no reparo, mais Mando começava a se perguntar se aquilo funcionaria direito no céu – se ele ao menos conseguisse fazê-lo voar até o céu, em primeiro lugar.

– Está faltando todo o distribuidor de vapor – Mando disse a Peli.

– Vai na minha – disse ela dentro da cabine –, a última coisa que você quer é um distribuidor de vapor estrangulando seu capacitor de aceleração. Fabriquei um carregador por indução que vai dobrar o seu coeficiente.

– Também vai explodir o eixo do bloco motivador – retorquiu Mando.

– É por isso que estou reforçando seu invólucro de compressão, e você ainda vai poder acessá-lo com esse botãozinho lindo aqui. – Ela apontou para o interruptor vermelho dentro da escotilha. – Aperte o botão e você vai esvaziar o sistema de escape, se é que me entende.

Mais tarde, ela usou um droide de energia para carregar o propulsor da nave enquanto Mando segurava uma peça curva da capota do motor.

– Onde vai este painel? – O droide usou o projetor de holograma para demonstrar onde colocar o painel. – Obrigado, amiguinho.

– Você sabe da sorte que tem de eu ter posto as mãos nesta belezinha? – perguntou Peli enquanto eles colocavam o coletor no lugar certo. – Você quer me agradecer agora ou depois?

– Me arranje uma Razor Crest – disse Mando –, daí sim eu agradeço.

– Ah, isso é conversa para bantha dormir. Isso é bem mais difícil de conseguir do que uma Razor Crest sem graça.

Enquanto ela e Mando trabalhavam com os droides para cobrir o casco do N-1, Mando viu os dois Jawas de antes voltando ao hangar carregando uma estrutura longa e cilíndrica nos ombros.

– Vocês foram rápidos – disse ele.

– Esses doidos poderiam encontrar um skud em uma lagoa de krill – disse Peli, claramente gostando da reação de Mando. – Acha que serve?

Mando pegou a peça, inspecionando-a.

– Onde eles conseguiram um booster de densidade criogênica?

– Você quer *mesmo* saber? – perguntou Peli.

– Claro.

Ela se virou para falar com os Jawas, que irromperam em uma narrativa empolgada.

Um momento depois, Peli se virou para Mando.

– Eles afanaram de um transporte de especiarias dos Pykes enquanto reabasteciam.

Mando olhou para os Jawas com respeito renovado.

– Medrosos eles não são.

– Vou te dizer uma coisa, os Pykes não são brincadeira. Desde que eles começaram a vender especiarias pelo sistema, tudo ficou uma bagunça. Todo mundo tem medo deles, e a justiça nem tenta chegar perto.

— Bom, obrigado — disse Mando, jogando um saco de créditos para os Jawas.

— Obrigado? — disse Peli, chocada, enquanto os Jawas se apressavam para sair, regozijando-se com a nova fortuna. — Como assim? Você está tirando uma com a minha cara? Por que fez isso? Você vai mimar eles assim! Está tentando fazer eu parecer sovina, é?

Depois dos droides de Peli finalmente tirarem o caça do hangar e o levarem para ver a luz do dia, ela e Mando deram a volta ao redor da nave, admirando seu trabalho.

— Não tem nem um pingo de gordura nela — declarou Peli, usando a manga para polir a asa brilhante. — Sabe, ninguém vai te pegar nesta belezinha.

Mando foi até a parte de trás do caça.

— O que aconteceu com o soquete do droide?

— Virou outra coisa. Amigo, eu te conheço bem, sabia que você ia abrir mão de um astromecânico.

Mando se abaixou, virando a cabeça para estudar as linhas do caça, inspecionando as asas e o casco.

— Acha que ela está pronta?

— Nunca esteve tão pronta — disse Peli. — Liga ela.

— Sério?

— É, liga ela.

Mando entrou na cabine. O motor tossiu e morreu.

— Não está estabilizando — disse.

— Dê mais um pouco de energia.

Bipe! Ele ligou o interruptor no sistema de ignição e, dessa vez, o motor voltou à vida com força o bastante para fazer o caça inteiro tremer e se sacudir.

– É muito motor para pouca nave – gritou por cima do rugido das turbinas.

– É, bom, olha o que ela consegue fazer – disse Peli.

– Não é melhor rodar um diagnóstico primeiro?

– Não! – Peli berrou de volta. – Dá pra ouvir! Ela está ronronando! Manda ela para cima!

Mando fechou a cabine e levou o caça para o ar.

– Iniciando propulsão de avanço – disse, decolando e passando por cima da cidade. – Ela é um pouco arisca.

– Você está acostumado com uma nave de ataque – ouviu a voz de Peli no fone. – Mas ela é um caça, precisa pilotar do jeito certo.

– Tudo bem. Vou soltar a potência. – Mando bateu no acelerador e sentiu a nave responder de imediato, disparando por cima das periferias de Mos Eisley e passando pelo deserto, indo em direção às formações rochosas fora da cidade. – *Dank farrik*, ela é rápida.

– E suave? – perguntou Peli.

– Como os pelos de um bantha.

– É isso aí! – exclamou Peli, rindo. – Belo trabalho em equipe.

– Os controles são bem diretos. Como ela manobra?

– Você me diz – falou Peli. – Aponte a disposição navegacional entre os dois sóis. Vai encontrar o Cânion do Mendigo.

Mando virou a nave para o lado e passou rapidamente por uma fresta estreita entre duas formações rochosas.

– Manobrando bem?

– Demais – disse Mando. – Parece que ela anda em trilhos. – Atravessando o Cânion do Mendigo, ele assustou um rato womp, que saiu correndo para se esconder nas sombras, então puxou o manche, virando o caça para cima. — Vamos ver até onde ela vai.

O N-1 acelerou na direção do céu, passando rasgando pela atmosfera exterior de Tatooine a caminho do espaço. Ganhando altitude, Mando viu uma nave comercial e subiu ao lado dela. Ao inspecioná-la, viu o menino Rodiano de antes espiando-o. Mando assentiu para ele, acionou os propulsores e acelerou, fazendo uma série de giros acrobáticos com o caça.

Um segundo depois, ouviu um bipe eletrônico enquanto os sensores de proximidade do N-1 o alertavam de trânsito local.

— *Dank farrik* — murmurou Mando, olhando de relance para os dois X-wings da Nova República se aproximando para flanqueá-lo dos dois lados.

— Transmita sua identificação, N-1 — falou um dos pilotos, a voz crepitando.

— Fiz alguma coisa errada, oficial? — perguntou Mando.

— Não é permitido voar perto de uma nave comercial — informou o piloto da Nova República. — E você está operando sem um identificador. Preciso que transmita a identificação.

— Desculpe, oficial. Acabei me empolgando com a nave. Transmitindo agora.

Houve um silêncio mortal enquanto o piloto consultava a informação que chegava do identificador.

— Hum. O modelo de seu motor não condiz com o especificado.

— Nós acabamos de montá-la. Eu estava fazendo um teste de voo. Não deu para atualizar o registro ainda.

— Vamos precisar de toda documentação. Mande o seu ping.

— É, desculpa, oficial — disse Mando —, mas meu transmissor não está conectado ainda. Vou voltar direto para Mos Eisley e arrumar isso.

A resposta do piloto foi curta e autoritária.

– Libere seus controles para acesso remoto.

– Espere só um segundo, tenente – disse o outro piloto, mais velho que o colega, falando pela primeira vez. – Acho que a gente pode liberá-lo só com uma advertência desta vez.

– Obrigado, oficial. Vou acertar as coisas.

– Só mais uma coisa antes de você ir – falou o segundo piloto. – Sua voz não me é nada estranha. Você costumava pilotar uma Razor Crest?

– Acho que me confundiu com a pessoa errada, oficial.

– Aquela nave apareceu no registro do transponder lá em Nevarro num incidente envolvendo remanescentes do Império – disse o piloto mais velho. – Só quero ligar uns pontos. Você responderia a algumas perguntas?

Mando pairou em posição por um momento, olhou de relance para o outro piloto, e então apertou os aceleradores. O N-1 saiu em disparada, deixando os dois X-wings para trás, assustando os pilotos com a partida repentina.

– Como ele saltou? – perguntou o primeiro piloto. – Ele não carregou os hiperpropulsores!

– Ele não pulou, garoto – disse o mais velho. – Eram aceleradores subluz.

– Não tem traço dele nos nossos sensores. Vamos denunciá-lo?

– Você quer voltar para a base e preencher relatórios o dia inteiro?

O mais jovem deu uma risadinha.

– Não, senhor.

Os dois X-wings se separaram e foram na direção oposta.

— E ENTÃO? — PERGUNTOU PELI QUANDO MANDO POUSOU. — COMO FOI?

Mando abriu a cúpula.

– Sensacional.

– Esses motores de pulso tipo-J realmente apertam a porta de evacuação, não é?

Mando desceu da cabine e começou a andar pelo hangar.

– Ah, aliás – falou Peli –, uma amiga sua passou por aqui. Disse que estava tentando te encontrar.

Mando parou e olhou para os lados.

– Uma amiga minha?

– Relaxa. Eu disse que não sabia onde você estava. Então tranquei ela do lado de fora e ativei o sistema de segurança do hangar.

– Ela falou seu nome?

– Fennec Shand – disse alguém mais acima. Peli deu um gritinho de surpresa, e Mando olhou para cima para ver Fennec equilibrada em um cano de ventilação saindo da parede do hangar.

– Achei que vocês tinham dito que o sistema de segurança do hangar estava ligado – Peli brigou com os droides quando Fennec saltou para o chão e foi até Mando.

– Por acaso você está procurando por um trabalho?

– Eu poderia estar – disse Mando.

Fennec pegou um saco de moedas e o jogou para ele.

– O pagamento é bom.

– Quem é o alvo?

– Não tem um – disse Fennec. – No caso, são vários.

Mando entendeu por que ela tinha ido até lá.

– Boba Fett – disse ele.

– Ele precisa da sua ajuda.

Mando pesou o saco de créditos por um momento, e então jogou-o de volta pra ela.

– Diga a ele que é por conta da casa. Mas primeiro preciso visitar um pequeno amigo meu.

DO DESERTO
CHEGA UM ESTRANHO

VINTE E DOIS

OS SÓIS DO MEIO-DIA MASSACRAVAM AS CERCAnias do deserto de Mos Pelgo enquanto um grupo de mensageiros Pyke se reunia perto de um evaporador de umidade. Um deles deixou uma arca de especiarias sobre seu landspeeder, enquanto o outro mostrava o pagamento para completar a transação.

– Está tudo ali – disse o primeiro mensageiro.

– Nós vamos deixar as especiarias – respondeu o segundo – e levar os créditos de volta para Mos Eisley. O resto vai...

– Por acaso sabem onde estão, cavalheiros? – perguntou alguém atrás deles.

Os Pykes viraram-se, um deles já se preparando para pegar o próprio blaster.

– Pensem bem – disse o Xerife Cobb Vanth calmamente. A mão dele já estava no cabo de seu blaster. – Vou dar o benefício da dúvida, já que vocês não são daqui, e dizer que imaginaram que estavam no meio do nada. Mas tudo por aqui – apertando os olhos, ele apontou para o deserto atrás deles – faz parte dos territórios de Mos Pelgo. – Ele tocou nas inscrições na frente do cinto de sua arma. – E estas listras indicam que sou o xerife desses territórios. Não sei quais são os acordos que vocês têm com as autoridades de

Mos Espa, e vamos falar a verdade, lá em Mos Eisley, é um vale-tudo. Mas, aqui, sou eu quem manda.

Os Pykes o encararam em um silêncio desconfortável.

– Eu não vi ainda o que tem nessa arca – continuou Vanth, seguindo com um tom razoável – e, por isso, nenhuma lei foi quebrada, pelo que sei. Se os cavalheiros puderem guardar suas mercadorias e voltar para onde vieram, nós podemos atribuir esta confusão a vocês terem lido o mapa errado.

Um dos Pykes se virou lentamente para o mensageiro mais próximo, como se quisesse conferir algo com ele, e então girou, empunhando o blaster. Foi uma péssima decisão, já que seria a última que faria.

PEWWW! PEW-PEW! Antes de sequer conseguirem disparar, três dos quatro Pykes caíram mortos, e o xerife apontou a pistola para o quarto.

– Pense bem – disse novamente.

O mensageiro restante levantou as mãos. Vanth andou até ele lentamente.

– Dá pra ver que você é esperto. Tenho um recado para seus chefes. Diga a eles que ouvi falar do Sindicato. Leve os créditos de volta. E digo isso com respeito: quem se perder tentando traficar especiarias em Mos Pelgo vai se perder para sempre.

O mensageiro não respondeu.

– Deixe a arca aí e suma – disse Vanth. – Ela paga a dívida pela invasão.

– Ela vale mais do que a sua cidade – grunhiu o Pyke.

O xerife o olhou brandamente.

– Bom, então de repente eu me aposento.

O Pyke deixou a arca de especiarias no chão, devolveu o contêiner de créditos e se preparou para ir embora. Vanth rodopiou a pistola para colocá-la de volta no coldre e observou o landspeeder partir. Quando o veículo desapareceu, ele passou pelos corpos dos Pykes mortos, onde estava a arca, e usou a ponta da bota para abrir a tampa. A especiaria dentro dela era marrom-alaranjada e fina; fora isso, nada de especial, sem diferir muito da aparência da areia que a cercava.

Depois de um momento, Vanth chutou a arca, deixando o conteúdo voar pelo vento oscilante do deserto, e observou o conteúdo ser soprado para longe.

VINTE E TRÊS

O MANDALORIANO TIROU O N-1 DO HIPERESPAÇO e desceu pelas exuberantes montanhas verdes do mundo florestal de Ossus. Entrando na atmosfera do planeta, ele ouviu o burburinho do sistema navegacional e seguiu o sinal para se posicionar, pousando o caça em um espaço plano perto de um rio e desligando o motor.

Na terra, o droide astromecânico R2-D2 esperava por ele, arrulhando em linguagem binária e retraindo a antena que usara para guiar Mando durante a descida.

Mando saiu da cabine.

– Olá, amigo. Estou procurando o Skywalker.

R2-D2 apitou em resposta.

– Vim ver a criança, Grogu.

O droide apitou, e então virou-se para liderar o caminho. Mando o seguiu, e eles atravessaram juntos o terreno plano até uma floresta de árvores juncosas e folhas caídas. O bosque era tranquilo e quieto, silencioso exceto pelo farfalhar suave do vento nos galhos.

Depois de um tempo, Mando viu um grande droide formiga rastejando pelo morro, suas seis pernas movendo-se para cima e para baixo como pistões para carregá-lo. Pela clareira, observou mais uma dúzia ou mais de droides formiga, todos trabalhando diligentemente para construir uma estrutura de pedra ao longe.

– É aqui que eles estão? – perguntou Mando.

Em vez de responder, R2-D2 falou brevemente com um dos droides formiga, e então se colocou em modo de hibernação sem fazer mais nenhum som.

– Ei, droide – disse Mando conforme os droides formiga continuavam a passar por ele, marchando para cima e para baixo no morro. – Não se desligue. Acorde. – Ele acenou com a mão na frente dos sensores de R2-D2 e suspirou. Enquanto isso, vários droides formiga se aproximavam, segurando rochas e hastes de árvores em suas mandíbulas. – Ei, estou procurando o Skywalker – Mando falou com um deles. – Tem uma criança com ele? – Olhou mais de perto o que os droides estavam construindo, uma fileira de hastes sobre as pedras empilhadas. – Isso é um banco? Quanto tempo vou ter que esperar?

Outro droide deixou um colmo de folhas suaves sobre o banco.

– Tem alguém aqui? – perguntou, erguendo a voz enquanto voltava a olhar para a estrutura de pedra no morro. – Alguém vivo?

Espiando de relance a unidade astromecânica hibernando, Mando sentou em seu banco.

EM UM CAMPO ABERTO EM OUTRA PARTE DO PLANETA, LUKE SKYWALKER estava sentado diante de Grogu, os dois de olhos fechados, meditando na sombra de uma árvore próxima. O silêncio foi perturbado por um farfalhar na grama, e Grogu abriu os olhos, distraído pelo som de um sapo que se aproximava. A criança se virou para observar o sapo e, depois de um momento, o fez levitar no ar, trazendo-o até ele.

O sapo coaxou, girando e chutando enquanto Grogu o guiava em direção à sua boca aberta. Luke abriu os olhos e viu o que estava acontecendo.

– Grogu – disse o Mestre Jedi, em tom de reprovação.

A criança o olhou, devidamente repreendida. O sapo caiu na grama e pulou em uma lagoa, borrifando água. Luke estudou a criança por um momento, e então fechou os olhos e ergueu uma mão na direção da lagoa. Momentos depois, os olhos de Grogu se arregalaram quando uma flotilha de sapos saía para fora da água, sacudindo-se e chutando o ar. Luke fez um pequeno gesto e os sapos caíram na água mais uma vez.

Luke ficou de pé.

– Muito bem, vamos dar uma volta.

Eles começaram a andar pelo caminho entre as árvores, Luke ajudando Grogu enquanto ele dava uma série de saltinhos levitantes para acompanhar os passos largos do Mestre Jedi.

– Gostaria de lhe contar sobre alguém que você me lembra muito – Luke falou para ele. – Seu nome era Yoda. Ele era pequeno como você, mas seu coração era enorme, e a Força era forte nele. Um dia, ele me disse "Tamanho importa não". – Luke olhou para baixo para ver Grogu. – Era assim que ele falava. Pareciam enigmas. Você ouviu alguém falar dessa forma de onde você vem?

Grogu olhou para cima em silêncio.

Fechando os olhos, a criança se aventurou em seu próprio passado. Nas profundezas da memória, viu três Cavaleiros Jedi defendendo o templo de um batalhão de soldados clone. O ar estava pesado pela fumaça e o fogo blaster. Enquanto o 501º Batalhão de Clones avançava, os Jedi caíam, um por um, diante dos blasters, tentando proteger Grogu.

Ele abriu os olhos de novo e viu Luke olhando para ele.

— Bem-vindo de volta — disse o Mestre Jedi gentilmente. Eles estavam sentados diante de uma lagoa, cercados pelas montanhas ao longe. — A galáxia é um lugar perigoso, Grogu. Mas vou ajudá-lo a se proteger.

DEITADO NO BANCO COM FOLHAS, MANDO OUVIU UM GRAVETO QUEBRAR e agarrou o blaster, apontando na direção do barulho.

A mulher Troguta o observava. Tinha pele laranja, com marcas brancas e distintivas, e as listras azuis dos lekku de sua cabeça enroscavam-se sobre seus ombros. Mando a reconheceu de imediato como Ahsoka Tano. Ela estava de pé, de braços cruzados.

Ele se sentou.

— Você. Eu não esperava te ver aqui.

— Sou uma velha amiga da família — respondeu Ahsoka.

— Achei que você não ajudaria a treinar Grogu — disse Mando.

— E não vou. Mestre Luke é que vai.

— Então o que você está fazendo aqui?

— Eu é que pergunto — falou ela, indo até ele.

— Estou aqui para ver a criança.

Ahsoka pousou uma mão carinhosamente sobre a cúpula de R2-D2, que acabava de acordar.

— É por isso que o R2 o levou até mim e não até ele — falou, e o droide apitou, apreciativo.

— Que lugar é este? — perguntou Mando, indicando a construção de pedra na colina, onde os droides formiga continuavam rastejando e trabalhando.

— Não é nada, por enquanto. Mas, um dia, será uma grande escola. Grogu será o primeiro aluno.

— Queria saber como ele está — disse Mando.

Ahsoka o olhou com cautela.

– Ele está bem.

– Quero vê-lo.

Ela suspirou.

– Eu sei que quer – disse. – Vamos caminhar. – Enquanto iam até a floresta, Ahsoka olhou para Mando de relance. – Avisei quando nos conhecemos de que sua ligação com Grogu seria difícil de ser quebrada.

– Ele era um enjeitado Mandaloriano sob meus cuidados – disse Mando. – Só quero garantir que ele esteja bem.

– Não existe lugar mais seguro na galáxia do que aqui, com Luke.

– Eu não entendo por que aceitou que o Skywalker treinasse a criança quando você disse que não iria – disse Mando.

Ela parou de andar e se virou para olhá-lo, exalando de forma brusca.

– Porque essa foi a escolha dele. Eu não controlo as vontades dos outros.

– Então é minha escolha me encontrar com ele.

– Claro que é – disse ela. – Se é isso que você deseja.

Seguindo o olhar dela pelas árvores, Mando notou que estava vendo duas figuras ao longe, sentadas debaixo de uma árvore. A maior era Skywalker, e a menor era Grogu.

– Está bem – disse Mando, começando a andar até eles.

– Você está fazendo isso por Grogu? – perguntou Ahsoka atrás dele. – Ou por si mesmo?

Mando parou.

– Eu só quero dar isto a ele – disse, tirando o pequeno embrulho de tecido que trouxera consigo.

– Por quê? Para que ele se lembre de você?

– Não. Como um enjeitado Mandaloriano, ele deve ficar com isso. É seu direito.

– Enjeitado – repetiu Ahsoka, pensativa. – Talvez ele seja um Padawan agora.

Mando ficou quieto por um momento, considerando as palavras dela.

– Bem, isso vai protegê-lo de qualquer forma.

– Se você está certo disso – disse Ahsoka –, então permita que eu entregue a ele.

– Eu vim de tão longe – disse Mando, olhando para a pequena figura da criança sentada na encosta. – E ele está bem ali.

Ahsoka deu um passo em direção a ele e colocou a mão em seu ombro.

– Grogu sente muita saudade de você – ela disse, gentil. – Caso o veja, tudo ficará ainda mais difícil para ele.

Lentamente, o Mandaloriano estendeu a mão e lhe deu o pacote de pano.

– Garanta que ele fique protegido.

Então, depois de dar uma última olhada na criança na encosta, virou-se para partir.

VINTE E QUATRO

NA MOCHILA NAS COSTAS DE LUKE, GROGU VIU o caça disparando para fora do planeta. Ergueu uma mão enquanto a nave se afastava.

– Muito bem – disse Luke, colocando a criança no chão. – É hora de continuar seu treinamento. Vamos ver o seu pulo.

Grogu se abaixou e executou um saltinho, mal tirando os pés do chão.

– É sério? – disse Luke com as mãos no quadril. – É só isso que consegue? – Ele gesticulou, as mãos à frente do corpo. – Abaixe-se, dê um pulo e, ao fazer isso, sinta a Força fluir com você.

Grogu se abaixou e conseguiu dar outro pulinho.

– Você está tentando muito – disse Luke. – Não tente. Faça. – Ele pegou de volta a mochila na qual estivera levando a criança até então. – Vamos, quero te mostrar uma coisa.

Momentos depois, a criança estava nas costas dele enquanto Luke corria pela floresta, pulando e dando saltos mortais sobre rochas e dando um salto nas costas de um iaque da lama de boca larga parcialmente submerso. Começou a escalar uma árvore, chegando ao topo, onde Grogu espiou por cima do ombro de Luke para ver os picos das montanhas distantes.

– Veja. O mundo todo existe em equilíbrio. Sinta a Força que está ao seu redor. – Luke fechou os olhos, respirando. – Através da Força, você também encontrará o equilíbrio.

O treinamento continuou com Grogu ficando de pé em um galho projetando-se para fora do rio, equilibrando-se em um pé enquanto Luke o encorajava. Mais tarde, no bosque, Luke demonstrou movimentos de duelo com o sabre de luz, a lâmina verde deslizando e balançando, refletindo-se nos olhos da criança.

– Isto é uma esfera de treinamento – disse, colocando uma bola diante da criança. Grogu se esticou para pegá-la e a rolou no chão.

– Não, não é assim que funciona – disse Luke, erguendo uma mão. – Funciona *assim*.

Com um chiado, a esfera pareceu ganhar vida e voou no ar. A criança olhou para cima com curiosidade enquanto a esfera girava, rotacionava e disparava um feixe de laser contra Grogu, assustando-o e fazendo-o pular para o lado e cair.

– Levante-se de novo – disse Luke. – Você sempre deve se levantar.

Dessa vez, quando a esfera disparou contra ele, Grogu saltou para o lado primeiro, girando rápido no ar antes de pousar em segurança.

– Ótimo – disse Luke, contente. Eles estavam chegando ao rio, e Grogu pulou de pedra em pedra com a esfera pairando acima dele. Depois de se esquivar dos lasers com uma série de pulos e giros rápidos, a criança ergueu uma mão em direção à esfera e a parou no ar, deixando-a na mesma posição até ela finalmente entrar em curto-circuito e cair na água, soltando fumaça.

Nas margens do rio, Ahsoka se juntou a Luke para observar o exercício de treinamento.

– Você o ensinou bem – disse ela.

– Está mais para ele se lembrando do que eu de fato ensinando.

– Às vezes, o aluno guia o mestre.

Eles ficaram lado a lado na beira da água, observando a criança em silêncio e, então, Luke falou novamente.

– O Mandaloriano esteve aqui – disse.

– Como falei, os dois possuem um laço muito forte. E – Ahsoka esticou a mão – ele lhe trouxe um presente.

Luke pegou o embrulho de tecido e voltou a focar a atenção em Grogu, que continuava sentado em uma pedra no meio do rio.

– Às vezes eu me pergunto se ele realmente quer isso.

– É igual ao seu pai – comentou Ahsoka.

– O que devo fazer com ele?

– Confie em seus instintos – disse ela, virando-se para partir.

– Eu a verei novamente?

– Pode ser. Que a Força esteja com você.

Luke ponderou a respeito do embrulho que Ahsoka deixara em sua mão ao partir.

VINTE E CINCO

VOLTANDO PARA TATOOINE, O MANDALORIANO voou até o palácio de Boba Fett e guiou o N-1 para aterrissar dentro do hangar. Enquanto saía, um guarda Gamorreano foi até ele com um grunhido desconfiado, o machado a postos.

– Estou aqui a pedido de Fennec Shand – disse Mando.

Assentindo, o guarda o levou até a sala do trono. Lá, utilizando um mapa holográfico para ilustrar o que queria, Fennec Shand conduzia uma reunião com o grupo montado por Fett: os Mods, Krrsantan e o mordomo de Mok Shaiz.

– O Sindicato Pyke está juntando soldados nas últimas semanas – disse Fennec. – O Prefeito Mok Shaiz trabalha para eles e fugiu do planeta, o que nos faz acreditar que uma tempestade está prestes a cair.

– Eram férias pré-agendadas, na verdade – o mordomo se meteu.

Silenciando-o com um olhar, Fennec continuou.

– Este é o mapa de onde eles estão se reunindo – ela gesticulou para o holograma – baseado em rumores. As três famílias do crime de Mos Espa parecem dispostas a abaixar a cabeça e permitir que os Pykes entrem em nosso território. – Virando-se, ela direcionou a atenção do grupo para a escadaria, onde Mando estava parado e ouvindo. – Este é o Mandaloriano, Din Djarin. Graças a ele e Krrsantan, temos agora poder suficiente para agir com mais força. Os Mods fizeram um bom trabalho ao inspecionar as ruas, mas não temos número para cobrir nosso território se uma guerra aberta começar. – Ela sacudiu a cabeça. – Precisamos de infantaria.

– Talvez eu possa ajudar com isso – disse Mando.

Mais tarde, enquanto circulava por Mos Pelgo, Mando olhou para o rastejador de areia dos Jawas com o crânio branqueado do dragão krayt na parte de cima. Ver o crânio trouxe lembranças da última vez que estivera ali, e da batalha que travara ao lado dos cidadãos locais e do Povo da Areia para derrotar o dragão. Ele pousou o N-1 do lado de fora da colônia e estava descendo quando viu um delegado jovem e barbudo saindo do escritório do xerife, aproximando-se dele com desconfiança.

– Se você quer estacionar sua espaçonave – disse o delegado –, precisa fazer isso do outro lado.

– Procuro o Xerife Vanth – disse Mando.

O homem parou e apertou os olhos.

– Acho que você não ouviu o que eu disse.

– Eu ouvi.

– Eu assumo agora, delegado – disse Cobb Vanth, aparecendo atrás do jovem. Ele sorriu, erguendo as sobrancelhas, enquanto o delegado voltava a entrar. – Ele é novato – explicou a Mando –, e um pouco nervosinho. – Então, ele apontou para o N-1 com interesse genuíno. – Isso é um caça estelar de Naboo?

– Costumava ser – disse Mando, conforme os dois homens ficavam lado a lado, admirando a nave modificada. – Não te vejo desde que entregou a armadura. Como você está?

– Mais cuidadoso – respondeu Vanth. – Cadê seu amiguinho?

– Voltou para o povo dele – disse Mando.

– Que pena. Suponho que nós dois perdemos algo do qual gostávamos.

Mando aguardou, deixando o silêncio acabar.

– Posso te pagar uma bebida?

Eles foram até a mesma cantina onde os dois haviam se conhecido, e o bartender Weequay encheu dois copos enquanto Mando explicava a situação. Quando acabou, Vanth sacudiu a cabeça.

– Ainda não entendi o que tudo isso tem a ver comigo.

– Preciso que você lidere um grupo – falou Mando. – Seu povo é muito bom em combate, e tem muitos créditos para eles também.

O xerife sentou na frente dele.

– A paz está intacta, Mando. Nós eliminamos o dragão. Meu povo não quer mais lutar.

– Sua cidade pode estar bem agora, mas faz parte do mesmo planeta. As pessoas boas precisam se impor, ou as especiarias fatalmente chegarão aqui.

– Enquanto eu estiver aqui, isso não vai acontecer. – Vanth bebericou o drinque e botou o copo de volta na mesa. – Então, por que o povo deveria se arriscar por esse Boba Fett?

– Mos Pelgo pode estar bem agora...

– Vila Livre! – interrompeu o bartender.

Mando olhou para Vanth.

– Quê?

– O nome agora é Vila Livre – respondeu o xerife.

– Nós mudamos o nome – disse o bartender. – Tem mais a nossa cara.

– Bem – disse Mando –, batalhei ao lado dos cidadãos de Vila Livre e são todos gente corajosa, e o Sindicato Pyke tem números muito maiores que os nossos, e nós precisamos de ajuda.

– Não queremos fazer parte disso – insistiu o bartender. – Isso é briga de gente da cidade grande.

Mando voltou sua atenção ao homem sentado do outro lado da mesa.

– Você diz a mesma coisa, xerife?

– Estamos quites, você e eu – disse Vanth.

– Sim, estamos – disse Mando. – Mas não pensei que abaixaria a cabeça para abusadores.

– Sabe, é isso que gosto a respeito de você, Mando. – Cobb Vanth tomou outro gole de sua bebida. – Com esse sorriso no rosto, você escapa de qualquer coisa.

– Não tem jeito fácil de se pedir um favor – falou Mando.

Vanth deu uma risadinha e exalou.

– O caso é o seguinte. As coisas estão complicadas por aqui, mas vou ver o que consigo fazer.

Mando assentiu e se levantou.

ENQUANTO OBSERVAVAM A NAVE DE MANDO DECOLAR EM DIREÇÃO AO céu, o xerife se voltou para o bartender.

– Pode soltar a notícia – disse Vanth. – Quero todos os homens e mulheres que possam lutar aqui na cidade para uma reunião.

– O problema não é nosso, xerife – protestou o bartender.

– Não – admitiu Vanth –, mas pode vir a ser, depois de eles ouvirem o que vou falar.

De forma relutante, o bartender voltou para dentro para avisar os outros. Vanth ficou lá por um momento, ouvindo os sinos de vento tilintando acima dele e, então, virou-se para atravessar as margens da cidade e ir para o deserto.

Uma figura solitária de chapéu de abas largas se aproximava da cidade. Vestia uma longa capa preta que voejava atrás dele, sua silhueta ondulando com o calor que subia das dunas.

– Oi, Jo – falou Vanth para a mulher consertando uma speeder bike na frente do escritório.

– Boa tarde, xerife.

– Me faz um favor e diz para todo mundo ir para dentro, rápido.

Ela franziu o cenho, preocupada.

– Aconteceu alguma coisa, xerife?

– Espero que não – disse Vanth. – Mas não quero dar sorte ao azar.

Enquanto Jo levava o povo de Vila Livre para dentro, Vanth foi até o meio da rua observar o estranho se aproximar. O delegado que encontrou Mando primeiro apareceu na porta do escritório do xerife.

– O que está acontecendo, chefe?

– Eu cuido disso, delegado – falou Vanth.

O homem do deserto havia parado de caminhar. A cabeça dele estava abaixada, então a aba do chapéu cobria seus olhos, mas Vanth conseguia ouvir sua voz baixa e arrastada bem o bastante.

– Cobb Vanth – disse ele.

– E você, quem seria? – Vanth conseguia ver a parte inferior do rosto do locutor agora, a pele lisa azul-esverdeada e a boca sem lábios. Tubos respiratórios pretos se projetavam dos dois lados de sua mandíbula comprida.

– O que Fett estiver pagando – rosnou o estranho, mostrando os dentes – nós também pagaremos. Você só precisa ficar parado e deixar as coisas acontecerem.

– Ei, o xerife não está à venda – falou o delegado, saindo da porta de entrada mais uma vez. Vanth fechou a cara e suspirou, voltando sua atenção para o pistoleiro na rua.

– Desculpe, mas não ouvi o seu nome.

O estranho ergueu a cabeça para revelar enormes olhos vermelhos, os olhos do caçador de recompensas e mercenário Duros conhecido por toda galáxia como Cad Bane.

– Eu tomaria cuidado na hora de me meter onde não sou chamado, se fosse você.

– Isso é um conselho amigável ou uma ameaça? – perguntou Vanth.

– Boba Fett é um assassino desalmado que trabalhou para o Império.

– Diga aos Pyke que Tatooine não tem interesse nesse negócio – disse o xerife. – Este planeta já viu violência demais.

– Você nunca deveria ter entregado sua armadura. – Bane jogou para trás parte da capa, revelando a pistola em seu quadril.

A mão de Vanth se esgueirou lentamente para tocar em seu blaster. Na varanda, o delegado olhava de um para o outro, ansioso, enquanto o impasse continuava. Com o canto do olho, Vanth conseguiu ver a mão do homem mais jovem ficando ainda mais agitada, pairando por cima do coldre, louco para pegar sua arma. Vanth olhou para trás para pará-lo, distraído apenas por um instante – mas um instante foi tempo suficiente.

TCHHOU!

Cad Bane disparou contra o xerife, lançando-o para trás e fazendo-o cair. Virando-se, Bane abriu fogo contra o delegado, arremessando-o contra a parede, deixando o corpo do jovem mole em um canto.

Abaixando o blaster, Bane olhou para os rostos espiando de todos os lados da rua.

– Tatooine pertence ao Sindicato – disse ele em voz alta para ser ouvido por todos. – Enquanto as especiarias continuarem fluindo, todos serão deixados em paz.

Guardando a pistola, ele deu meia-volta e partiu.

VINTE E SEIS

A MÚSICA ERA AGITADA, OS COPOS TILINTAVAM, e o som relaxado de várias conversas preenchia a sala. Era uma noite típica do Santuário de Garsa, e o clube zumbia com o burburinho de quem bebia e apostava enquanto os clientes de sempre se juntavam para passar o tempo.

Os dois sicários dos Pykes entraram e foram até uma das mesas de trás. Um deles carregava um recipiente cilíndrico que deixou no chão ao lado dele. Um droide de protocolo registrou as bebidas que eles pediram, mas, quando os funcionários Twi'leks se aproximaram para perguntar se eles queriam que limpassem seus capacetes, os Pykes simplesmente sacudiram a cabeça.

A banda continuava a tocar no pequeno palco. Observando seu domínio, Garsa Fwip permitiu-se sorrir.

Do outro lado da sala, ela viu os dois Pykes recém-chegados se levantarem, apesar de não terem sido servidos ainda. Na verdade, eles praticamente atropelaram o droide de protocolo levando bebidas para a mesa deles. Garsa franziu o cenho, vendo-os partir. Não sabia bem dizer o que, mas havia algo de preocupante na cena.

– Ah, esperem! – exclamou o droide de protocolo, erguendo o recipiente cilíndrico que ficou no chão, debaixo da mesa. – Vocês esqueceram o...

Um instante depois, uma explosão devastou a sala, despedaçando o clube em uma erupção ensurdecedora de chamas laranja. Fora do Santuário, pedestres passando pela rua foram jogados para o lado como brinquedos quebrados enquanto a bola de fogo se expandia pela noite. Os destroços se espalharam, e os restos incinerados do clube queimaram e fumegaram na escuridão.

LONGE DESSE ATO DE VIOLÊNCIA, NO PLANETA FLORESTAL ONDE LUKE Skywalker treinava Grogu, um tipo diferente de santuário se formara. O pequeno prédio de pedra que os droides formiga estavam construindo como escola para Jedi finalmente estava completo.

Dentro da estrutura em formato de abóbada da escola, Luke e Grogu estavam sentados na frente um do outro em um tatame no chão. Luke trouxe o pacote que Ahsoka entregara a ele e o abriu, tirando um pequeno casaco de cota de malha feito com a lança de beskar.

– O Mandaloriano queria que você ficasse com isso – disse Luke, erguendo-o para que a criança o visse, e depois colocando-o sobre o tatame. – Mas, antes de você pegar, vou te dar uma opção. – Ele abriu uma caixinha de madeira. – Isto é um sabre de luz. – Ativando-o, ele deixou que o brilho verde da lâmina irrompesse para frente no espaço entre eles. – Pertencia ao meu professor, Mestre Yoda. E agora – ele desativou a lâmina – eu o ofereço a você.

A criança se levantou, olhando para os dois objetos diante de si, a cota de malha e o sabre de luz, lado a lado.

– Mas você só pode escolher um – continuou Luke. – Se você escolher a armadura, retornará ao seu amigo, o Mandaloriano. Se fizer isso, porém, cederá à ligação que sente por quem você ama, e abandonará o caminho Jedi. Mas, se escolher o sabre de luz, será o primeiro aluno de minha academia, e eu o treinarei para que se torne um grande Jedi. Levará muitos anos até que consiga dominar os caminhos da Força, e talvez nunca mais veja o Mandaloriano. – Luke fez uma pausa para permitir que a importância da mensagem fosse absorvida. – Porque, Grogu, pouco tempo para você é uma vida inteira para outra pessoa.

Grogu arrulhou, abaixando as orelhas enquanto o peso de sua decisão pousava sobre seus ombrinhos. Ele olhava da cota de malha para o sabre de luz enquanto Luke dizia as palavras que determinariam seu destino.

– Qual deles vai escolher?

EM NOME DA HONRA

VINTE E SETE

NA MANHÃ SEGUINTE, BOBA FETT E FENNEC Shand examinaram os destroços do Santuário bombardeado, junto com Drash e Skad dos Mods. Os quatro caminharam através das ruínas chamuscadas do clube, analisando o dano causado pela explosão: paredes queimadas, móveis escurecidos e um silêncio contínuo, mortal.

– Estamos em guerra – disse Fett.

– Era inevitável – concordou Fennec.

– Mesmo com nossa vitória – disse Fett ao passar pelos escombros de mesas e cadeiras –, pode não restar muita coisa desta cidade.

Um raspar de passos foi ouvido atrás deles, e Fennec se virou para ver o Mandaloriano parado na porta.

– Você foi rápido. Conseguiu contratar algum soldado?

– Acho que sim – disse Mando enquanto se juntava aos outros. – Cobb Vanth vai conseguir um batalhão para nós.

– E que valor vai negociar?

– De graça – disse Mando.

Fett franziu o cenho.

– *De graça*?

– Ele tem contido o tráfico de especiarias sozinho – Mando contou a eles. – Eu disse que nós poderíamos eliminá-lo de vez.

– Isso não é de graça – objetou Fett. – Essa é a maior parte do negócio de Jabba, o Hutt.

– É o que o povo quer – disse Mando.

Fett assentiu.

– Concordo com os termos.

– Dá para ganhar muitos créditos com aquele pó laranja – falou Fennec.

– A longo prazo, é melhor para nós também – disse Fett. – Mos Espa pode virar uma cidade próspera sob nossa proteção. As especiarias estão matando nosso povo. – Ele olhou para o Mandaloriano. – Diga ao Xerife Vanth e ao povo de Mos Pelgo que...

– O nome é Vila Livre agora – disse Mando.

Fett assentiu.

– Diga ao povo de Vila Livre que dou minha palavra.

– Pode dizer isso a Cobb Vanth quando ele chegar aqui com reforços – disse Mando.

– Você tem certeza de que ele vai vir?

– Tenho.

– Bem, se ele não vier, estamos perdidos. Não somos páreo para os números do Sindicato. Precisamos ganhar tempo até eles chegarem. Vamos nos proteger no palácio.

– Essa é uma péssima ideia – replicou Skad.

Fett se virou para ele.

– E onde você propõe que a gente espere os reforços chegarem?

– Aqui – disse Skad.

– Aqui, nestas ruínas? – zombou Fett. – Absurdo. O palácio oferece mais proteção.

– Se você quiser abandonar Mos Espa e se esconder nessa sua fortaleza – Drash falou, ousada –, vá em frente. Nós vamos ficar. – O olhar dela era pura determinação. – O povo daqui precisa da nossa proteção.

Depois de considerar as palavras dela, Boba Fett trocou olhares com Fennec e com o Mandaloriano, e então assentiu.

– Vamos ficar.

VINTE E OITO

CAD BANE ANDAVA PELAS RUAS DE MOS EISLEY no escuro, os olhos vermelhos cintilando debaixo da aba de seu chapéu. Em algum lugar, nas sombras, um par de Jawas o viu chegar e os dois se encolheram de medo enquanto Bane entrava no Escritório de Levantamento do Deserto.

– Preciso responder – dizia o Prefeito Mok Shaiz quando Bane entrou lá. – Preciso responder de alguma forma. No mínimo, eu deveria...

Parou de falar ao ver Bane entrar na sala. O chefe do crime dos Pyke com o qual Shaiz falava se virou para olhar para o caçador de recompensas.

– Você retornou muito rápido – disse o Pyke. – Sua empreitada foi bem-sucedida?

– Vocês não vão precisar se preocupar com Vila Livre.

– Você conseguiu convencer o xerife a se manter neutro? – perguntou o prefeito.

Os dentes de Bane brilharam com um sorriso predatório.

– Sim.

– Ótimo – disse Shaiz, nervoso. – Quero que tudo isso acabe o quanto antes. Será que Fett tem outros recursos aos quais poderia recorrer? Ele costumava viver com uma tribo de Incursores Tusken no deserto.

– Eles não existem mais – falou o chefe Pyke.

– Tem certeza?

– Sim. Nós mesmos os destruímos.

– Fett sabe disso? – perguntou Bane.

– Ele não faz ideia – o Pyke assegurou. – Ele pensa que foi uma gangue de speeder bikers Nikto. Deixamos evidências que encorajaram essa dedução. Ele se vingou deles e, na sua cabeça, o problema foi resolvido.

– Não tinha me dado conta de que o Sindicato Pyke era tão impiedoso – disse Bane.

– Pragmático – corrigiu o chefe Pyke. – Estávamos sendo cobrados por proteção. Precisamos proteger nossas margens.

– Precisam, de fato – concordou Bane.

– Quando tudo isso vai acabar, então? – perguntou o prefeito.

– Vai depender do quanto os seus dois estômagos podem suportar – disse Bane, referindo-se à anatomia digestiva dupla do Ithoriano.

– Chega de explosões – disse Shaiz. – Eu não autorizei que bombardeassem o Santuário de Garsa. Concordei com ataques cirúrgicos, não com estado de guerra.

– Perdão – disse o chefe Pyke –, mas esse limite já parece ter sido cruzado.

– Bom, eu continuo sendo o prefeito de Mos Espa – disse Shaiz –, e não vou deixar que ela seja destruída.

– O gotra de Fett está se refugiando nas ruínas do Santuário – disse o Pyke. – Serão necessárias medidas extremas para eles serem tirados de lá.

Bane os observou por um momento.

– Acho que tenho uma ideia para tirar Boba Fett de lá.

VINTE E NOVE

DENTRO DO HANGAR TRÊS-CINCO, A TRIPULAÇÃO hibernante de droides de reparo de Peli Motto acordou em alerta, tocando o alarme. As varreduras dos droides haviam captado a sinalização de proximidade de uma nave. Quando Peli checou a tela, mal podia acreditar no que estava vendo.

– É um X-wing! – disse ela dentro da sala de controle, encarando o contorno na tela. – O que um X-wing está fazendo aqui?

No chão do hangar, um dos droides ergueu uma série de bastões luminosos e começou a guiar o caça em sua descida.

– Fique aqui – disse Peli a R5-D4, saindo da sala de controle. – Tranca tudo, tá? – Ela gesticulou freneticamente para o caixote de equipamento contrabandeado. – Esconde isso! Livre-se dessa coisa! Rápido. Você ouviu... Vai!

Enquanto o X-wing se acomodava na plataforma de aterrissagem e a cúpula se abria, Peli correu até a nave, acenando.

– Olá, oficial! – falou no que torcia ser sua voz mais amigável, a que mais parecia respeitar a lei. – Pedi um requerimento de certificação da Nova República bem na hora que o senhor aterrissou. Uma grande coincidência, para falar a verdade.

Ela aguardou por uma resposta, mas o rosto que a olhava da cabine não era o de um piloto da Nova República. Era a cabecinha enrugada do jovem companheiro de Mando, cujas orelhas se contraíam de leve enquanto ele a estudava e gorgolejava uma saudação.

– Olha só quem é! – Peli deu risada e começou a subir os degraus. – Que fofo, eles já te ensinaram como pilotar um X-wing?

Atrás dela, no chão, R5-D4 soltou um resmungo eletrônico de desaprovação, e Peli o encarou.

– Eu sei que foi um astromecânico que pilotou – disse.

No espaço para o astromecânico no X-wing, R2-D2 apitou uma pergunta.

– O Mandaloriano? – disse Peli. – Ele não está aqui. – Quando o droide fez outra pergunta, ela sacudiu a cabeça. – Eu não sei. Ele está fazendo algum trabalho em Mos Espa. Mas vá um pouco mais devagar. Me dá um segundo. Você acabou de chegar. Deixa eu dar um oi para o meu amiguinho.

A criança gorgolejou, contente.

– Olá, bonitinho! Vem cá! – Quando ela o ergueu, R2-D2 soltou outra série de assobios e apitos.

– Grogu? – disse Peli. – Uau! Que nome *horroroso*. Sinto muito, parceiro. Não vou te chamar assim de jeito nenhum. – Ela puxou para baixo o colarinho da túnica da criança para olhar para a cota de malha brilhante abaixo dela. – O que você está escondendo aqui embaixo, algo brilhante? Olha só você, todo chique. Deve estar morrendo de fome. – Virando-se, ela gritou para os droides: – Tragam vermes dung pra ele!

R2-D2 interrompeu com exclamações binárias.

– Ah, segura o seu domo, vai! – disse Peli. – Não dou a mínima se você está com pressa. O bebê precisa comer. – Ela se acomodou com a criança e os droides enquanto Grogu abocanhava os vermes dung de um balde, arrulhando, satisfeito, com os bichos ondulando em sua boca.

TRINTA

DENTRO DAS RUÍNAS DO SANTUÁRIO, BOBA FETT e os outros ouviram conforme Fennec Shand contava a eles os seus planos.

– Enquanto esperamos que Cobb Vanth venha com os reforços de Vila Livre – disse ela –, nossas forças patrulham silenciosamente as ruas da cidade velha. O Sindicato Pyke ainda não chegou em número, mas, assim que chegarem, nós os veremos antes de sermos vistos. – Ela se virou para Boba Fett. – A trégua que você negociou com as outras famílias de Mos Espa vai garantir que permaneçam neutras e permitir que tenhamos a vantagem de surpreender os soldados que chegarem.

Ela continuou contando como os guardas Gamorreanos estavam posicionados em território Klatooiniano, onde eles avisariam com prontidão se qualquer uma das forças Pyke chegassem. No território Trandoshano, Krrsantan estava de olho nas ruas da frente da Prefeitura. Drash e Skad estavam com os outros Mods, cuidando do Distrito dos Trabalhadores e da região dos Aqualish.

– Como podem ver – concluiu Fennec –, estamos cobrindo todos os lados. Ninguém vai nos pegar de surpresa. Quando o povo de

Vila Livre chegar, nós teremos as forças necessárias para direcionar nosso poder à região que os Pyke decidirem atacar.

– E agora? – perguntou Fett.

– Nós esperamos.

– Lorde Fett – falou 8D8. – Há alguém aqui que quer ver o senhor.

Fett fechou a cara.

– Achei que você tinha dito que ninguém poderia nos pegar de surpresa – disse ele. Ele colocou o capacete e subiu os degraus para sair pela porta da frente do Santuário, sob a luz do dia, e então parou.

Lá, bem no fim da rua, estava Cad Bane.

– Achei que tinha sentido um cheiro desagradável. Se você está procurando por um emprego, chegou tarde demais.

– Já tenho um emprego. Estou aqui para negociar em nome do Sindicato Pyke.

– Não negocio com assassinos covardes – respondeu Fett.

– Se não é o Quacta falando do Stifling – zombou Bane.

– Se manda daqui. E diga aos seus chefes que sabemos que estão em minoria.

– Eu não contaria com o povo de Vila Livre chegando tão cedo – falou Bane. – Já visitei o Xerife Vanth. Você nunca devia tê-lo deixado sem armadura.

Fett ficou parado, ouvindo as palavras do assassino, compreendendo bem demais o significado delas. De todos os lados da entrada, atrás de Fett, Fennec e o Mandaloriano apareceram com blasters a postos.

– Antes de você ter alguma ideia – disse Bane –, também tenho atiradores.

Olhando para cima, Fett viu atiradores surgindo nas sacadas de cima da rua onde Bane estava, dois de cada lado.

– Deixe o negócio das especiarias acontecer em Mos Espa – disse Bane –, e tudo isso poderá ser evitado.

Fett aguardou por um momento antes de responder.

– Não.

– O que propõe, então?

– Só irei negociar com o líder do Sindicato Pyke.

– Você quer dizer o que massacrou sua família Tusken – perguntou Bane –, e jogou a culpa em uma gangue de speeder bikers?

A mente de Fett voltou às ruínas chamuscadas do acampamento Tusken e a insígnia pintada de forma tão descarada na tenda.

Bane abriu um sorriso, divertindo-se.

– A verdade dói.

Boba Fett ergueu o blaster e Fennec se aproximou dele.

– Boba... – avisou ela.

– Vamos lá – disse Bane, jogando para trás seu casaco longo para revelar os blasters presos aos seus quadris, os dedos brincando em cima dos cabos. – Aqui e agora.

– Agora não – aconselhou Fennec de onde estava, atrás de Fett. – Você escolhe quando.

– Ele matou Vanth – Fett disse a ela. – Os reforços não vão chegar.

– Nós vamos lutar do nosso jeito, não do deles.

– Eu consigo lidar com ele – disse Fett.

A voz de Fennec se manteve estável.

– Você está nervoso.

– *Eu consigo lidar com ele.*

– Precisamos nos adaptar – disse ela, enunciando cada palavra. – Você terá seu momento.

Lentamente, Fett ergueu uma mão para colocá-la acima do próprio blaster.

– Diga ao seu cliente que as negociações estão encerradas.

– Você está ficando fraco conforme fica velho – falou Bane.

– Todos nós estamos – disse Fett.

Enquanto Cad Bane dava meia-volta e se afastava, Boba Fett voltou para a entrada do Santuário. O mordomo do prefeito já havia saído para alcançá-lo.

– Esta foi uma demonstração impressionante de autocontrole – bajulou o Twi'lek. – Estratagema exemplar. Se eu puder ser ousado e oferecer um conselho adicional...

– Eu me pergunto quanto ele pagaria pelo Twi'lek – resmungou Fett.

– Compreendido. Peço perdão. Nunca deveria ter me intrometido.

– Atenção, chefe. – Uma voz crepitou no comunicador de Fett. Era Drash, uma Mod, e parecia extremamente preocupada. – Tem algo estranho acontecendo aqui.

– Os Pykes chegaram? – perguntou Fett.

– Ainda não – disse Drash. – Mas tem algo errado. É...

O resto da mensagem se perdeu em uma tempestade de gritos e fogo blaster.

— O POVO ESTÁ NOS ATACANDO! — DRASH EXCLAMOU BRUSCAMENTE no comunicador. Ela e os outros Mods estavam encurralados no fim de um beco enquanto um grupo de Aqualish no Distrito dos Trabalhadores tirava armas escondidas de barris e disparava contra eles.

Do lado de fora do Santuário, o Mandaloriano encarava Boba Fett.

– Achei que tínhamos um acordo!

– Eu também – disse Fett.

– É uma armadilha! – gritou Drash enquanto um disparo blaster passava raspando por ela e atingia um dos Mods no peito, jogando-o no chão.

Boba Fett levou o comunicador ao capacete.

– Santo – disse ele. – Santo, responda!

Posicionado diante da Prefeitura, Krrsantan grunhiu quando a cena que assistia se transformava em caos. Uma gangue de Trandoshanos sacava espadas e armas de contato e atacava a multidão, fazendo os cidadãos da área correrem para se proteger. Antes de Krrsantan conseguir responder à ameaça, os Trandoshanos pularam no Wookiee, dominando-o e jogando-o no chão.

Ao mesmo tempo, os dois guardas Gamorreanos na frente de um trem deslizador encontraram um grupo de Klatooinianos esperando para emboscá-los. Eles avançaram com lanças, investindo e espetando, forçando os Gamorreanos para trás e jogando-os na ponta de um penhasco com ganidos horrorizados.

– É um ataque coordenado – disse Fett dentro do Santuário. – Precisamos reunir nossas equipes.

– Não tem como sobrepor a vantagem deles – disse Fennec. – Precisamos acabar com a cúpula de controle.

Fett se virou para o mordomo do prefeito.

– O Sindicato Pyke ainda opera em Mos Eisley? – exigiu saber.

– Ah, é difícil dizer com precisão – respondeu o mordomo e, quando Fennec engatilhou seu rifle, a voz dele ficou mais aguda pelo pânico. – Mos Eisley? Sim, sim, agora que penso melhor, de fato é lá! Mais especificamente, no Escritório de Estudos do Deserto.

– Você conseguiria? – Fett perguntou para Fennec. – Chegaria lá a tempo?

– Vale a pena tentar – disse ela, e correu até sua speeder bike.

No Distrito dos Trabalhadores, a situação no beco piorava a cada segundo. Drash, Skad e os Mods haviam sido encurralados por combatentes Aqualish, que não deixaram nenhum lugar para que escapassem, e alguém atirava em uma janela, fazendo chover fogo blaster acima deles.

– Quantos deles há? – perguntou Drash.

– Não sei – disse Skad. – Ao menos uma dúzia.

CHHZZAOOUUU! Outra série de disparos martelou o muro atrás deles, partindo um dos Mods ao meio.

– Não podemos recuar! – gritou Drash no comunicador. – Estamos cercados!

– Fiquem aí – respondeu Fennec pelo transmissor.

– Quê?

– *Não se mexam!*

– Tem muitos deles na nossa posição! – disse Drash, frenética enquanto os tiros irrompiam ao redor dela.

– Fiquem de cabeça abaixada! – mandou Fennec.

TCHOUU-CHOUUU! Fogo blaster irrompeu no ar, acertando os atiradores Aqualish e eliminando três deles na mesma quantidade de segundos. Perplexos e dominados, os agressores que sobravam deram meia-volta e fugiram, e a pessoa atirando na janela mal teve tempo de reagir antes de outro disparo derrubá-lo de sua posição elevada e jogá-lo em uns baldes de água.

De onde eles estavam, Drash, Skad e os Mods restantes olharam para cima para ver Fennec Shand aparecer em seu campo de visão com um rifle. Fennec saltou no ar, executou um giro preciso antes de chegar no chão e caiu de pé ao lado de sua bike.

– Vão para o Santuário – ela disse a eles.

– Ei – disse Drash, indo até ela. – Obrigada.

– Que educada. – Fennec abaixou o visor do capacete. – Gostei disso. Não há de quê.

Ela pisou no acelerador da bike e foi embora de lá.

FORA DO SANTUÁRIO, AS FORÇAS DO SINDICATO PYKE COMEÇARAM A se posicionar, vindo da rua e tomando os postos acima dos prédios mais próximos.

– Eles estão aqui – disse Mando.

– Era só questão de tempo – disse Fett. – Cad Bane está lá com eles?

Mando olhou pela fresta da porta.

– Não estou vendo ele. Alguma novidade dos outros?

– Vai ser um milagre algum deles sobreviver – disse Fett de forma dura. – Os três gotras de Mos Espa nos traíram.

– Foi uma boa jogada – falou Mando.

– É, foi – Fett assentiu. – Suponho que esteja de partida.

– Não estou.

– Você deveria ir.

– É contra a Doutrina – Mando disse a ele. – Dei minha palavra. Estou com você até nós dois cairmos.

– Você acredita nessa doutrina como um bantha seguindo seu dono.

– Acredito – disse Mando, e Boba Fett assentiu.

– Muito bem.

– A meu ver – continuou Mando –, temos duas opções. Esperamos até eles se posicionarem e assumirem um cerco e nos bloquearem.

– Ou?

– Avançamos e os pegamos despreparados. Então, fugimos até sua nave no palácio.

– Não posso abandonar Mos Espa – disse Fett. – Essa gente conta comigo.

– Tudo bem, então – disse Mando. – Nós dois morreremos em nome da honra.

– E ainda assim você vai ficar? – perguntou Fett.

Mando ergueu o blaster.

– Este é o caminho – disse, virando-se para apontar a pistola para fora da porta, o dedo no gatilho, preparado para abrir fogo.

– Será que eu poderia oferecer uma alternativa? – falou o mordomo, e todos se viraram para olhá-lo quando ele deu um passo à frente, com as mãos no ar. – Devo continuar? Vou continuar. – Ele respirou fundo. – Vocês podem não saber isso a respeito de mim, na verdade, como poderiam saber, exceto, talvez, por quaisquer vestígios que permaneçam em meu sotaque, mas fui educado em Coruscant. Não que isso signifique que sou superior de forma alguma, mas...

– Fale logo – latiu Fett.

– Fiz academia de etiqueta – continuou o Twi'lek. – Não, meus pais não eram ricos de forma alguma, e eu me especializei em negociações e aconselhamento na área civil. Bom, se o senhor se sentir confiante e permitir que eu negocie em seu nome, tenho plena certeza de que nos deixariam sair deste mundo com, no máximo, alguns gestos simbólicos grosseiros... E o intercâmbio de valores monetários.

Fett olhou de relance para o Mandaloriano, e então voltou a olhar para o mordomo.

– Muito bem – disse. – Me dê seu tablet. Vou escrever minha declaração e o que estou disposto a pagar.

– Irei como seu emissário – disse o Twi'lek, entusiasmado, passando a ele o tablet. – É claro, não tenho nenhuma restrição em me ajoelhar ou até rastejar caso se mostre necessário, se for para protegê-lo de uma eventual ferida em seu ego, digamos assim.

Fett terminou de digitar e devolveu o tablet ao mordomo com um grunhido.

– Vá antes que eu mude de ideia.

– Sim. Excelente – disse o Twi'lek, saindo a passadas largas pela porta e já erguendo a voz para dirigir-se aos Pykes altamente armados reunidos do lado de fora do Santuário. – Saudações! – exclamou ele. – Estou desarmado, e desejo me apresentar por meio deste tablet que carrega os termos de rendição a quem for o porta-voz capaz de deliberar um resultado aceitável diante dos olhos do alto conselho Oba Diah.

– Pode ler, cabeça de rabo – falou o Pyke diante dele.

O mordomo deu uma risadinha alegre.

– Ah, por conta dos... – Ele apontou para os lekku que pendiam dos dois lados de seu crânio. – Ah, um sobriquet encantador, da qual nunca me canso. Sim, algum dia eu espero ver os lendários Penhascos Obsidianos de Oba Diah com meus próprios olhos, e então, talvez...

– *Leia logo.*

– Pois então – disse o Twi'lek. – Dispensemos as cordialidades. – Ele limpou a garganta e olhou para o tablet, lendo em voz alta. – "Eu, Boba Fett, como Daimyo dos territórios de Tatooine, antes comandados por Jabba, o Hutt, apresento a seguinte oferta..."

A voz do mordomo foi diminuindo quando seus olhos passaram pelo que Fett escrevera depois. Ele olhou para o Pyke diante dele esperançosamente.

– Talvez – disse –, nós devêssemos discutir o que vocês estariam dispostos a...

– Leia! – exigiu o Pyke.

– "... a seguinte proposta" – continuou o Twi'lek, limpando a garganta. – "Nada. Vocês irão embora deste planeta" – a voz dele tremeu de forma audível – "e deixarão para trás o comércio de especiarias. Se recusarem estes termos" – ele limpou a garganta mais uma vez, forçando-se a continuar com uma voz esganiçada –, "o árido deserto de Tatooine prosperará, mais uma vez, com campos floridos fertilizados com os corpos de seus mortos".

O Pyke se virou e olhou para o sicário ao seu lado. Então, ergueu o blaster na direção do mordomo.

– Foram as palavras dele – foi o que o Twi'lek conseguiu dizer, sem força.

ZZTCHHEUUU! Uma rajada repentina de fogo blaster veio acima deles, e o mordomo olhou para o alto, boquiaberto e impressionado, para ver Boba Fett e o Mandaloriano voando, impulsionados por seus jatos propulsores, disparando contra os Pykes. Conforme o Twi'lek corria para se esconder, os atiradores Pykes apertavam os olhos para ver Fett e Mando, sem conseguir mirar direito contra a luz cruel dos sóis do meio-dia.

Pousando no chão, Fett e Mando ficaram um de costas para o outro, matando os inimigos com precisão cirúrgica. Mais soldados Pyke apareceram de trás dos prédios conforme o combate aumentava. Disparos de blaster zuniram e ricochetearam contra o beskar de Mando, fazendo-o tropeçar. Ele ergueu o pulso e soltou aves sibilantes, a tempestade de dardos minúsculos e letais acabando com vários Pykes ao mesmo tempo e, um momento depois, lançou um míssil que explodiu um dos agressores, assim como o prédio atrás dele.

– Eles continuam vindo! – disse Fett. Em alguns momentos, estavam rendidos, seus esforços derrotados pela potência de fogo superior dos adversários. Blasters martelavam as armaduras dos dois por todos os lados, encurralando-os.

Então, do nada, um disparo de blaster atingiu um dos Pykes, e Mando e Fett se ergueram, surpresos de verem um enorme speeder blindado rugindo ali perto.

– O povo de Vila Livre! – disse Mando. A bordo do speeder, os cidadãos de Vila Livre miravam e disparavam contra os Pykes. Mando viu o bartender Weequay na frente do veículo, curvado acima de uma torre de tiro que despejava um fluxo constante de fogo blaster enquanto os outros atiravam de ambos os lados, forçando os Pykes a recuar.

Estacionando ao lado de Mando e Fett, o speeder parou.

– Saiam daqui para se proteger! – berrou o bartender, e os reforços de Vila Livre pularam para fora e se esconderam atrás do veículo, ainda atirando com tudo contra os Pykes enquanto Fett e Mando se juntavam a eles. Em instantes, tinham conseguido afastar os últimos do Sindicato, e a rua ficou em silêncio.

– Sinto muito a respeito do xerife – disse Mando ao bartender.

– Atiraram nele a sangue frio – disse o bartender, a voz endurecida pela raiva.

– Vocês não precisavam vir até aqui.

– Precisávamos, sim. – O bartender mirou o rifle em um Pyke do outro lado da rua e acertou mais um tiro. – Este planeta tem que melhorar.

O ganido de grav scoots se aproximou, e Mando viu os Mods chegando com um estrondo, disparando contra os Pykes do outro lado. Um dos atiradores do Sindicato acertou a scoot de Skad em cheio, fazendo o veículo girar e fazendo-o rolar até conseguir se juntar a Drash e os outros atrás da barricada provisória que era o speeder blindado.

Skad olhou para as pessoas de Vila Livre de relance, desconfiado.

– De onde vieram todos esses scurriers?

– Estamos aqui para salvar os rabos de alguns ratos da cidade – retorquiu uma moça de Vila Livre chamada Jo.

– A luta é contra os Pykes – disse Fett aos dois.

Um emaranhado uivante apareceu na esquina enquanto dois atiradores Pyke se debatiam no ar, impotentes, e Fett viu Krrsantan chegar. O gladiador Wookiee estava enfurecido, esmagando os mercenários do Sindicato e jogando-os em todas as direções. Ele agarrou um dos Pykes, arremessou-o para cima e então usou outro Pyke como projétil, lançando-o com força contra os atiradores mais próximos.

Mas Fett viu que ele estava muito ferido – mancando, arrastando a perna direita e com dificuldade de avançar. Os blasters o atingiam de ambos os lados e, enfim, o Wookiee caiu na rua.

– Me cubram! – gritou Fett, correndo para pegar Krrsantan e ajudá-lo a ir a um local seguro.

– Bem-vindo de volta, Santo – disse. – Preciso confessar que achei que você havia morrido. Fico te devendo um bom banho no tanque de bacta quando tudo isso acabar.

– Eles estão recuando! – gritou o bartender, e os combatentes comemoraram.

Mando tocou no sensor do capacete e viu formas insectoides se aproximando à distância.

– Eu não comemoraria ainda. Temos problemas. – Ele observou enquanto dois droides Scorpeneks massivos marchavam pela rua, suas pernas mecânicas e blindadas ressoando enquanto eles se aproximavam. – *Sérios* problemas.

TRINTA E UM

Os Scorpeneks já haviam ativado os escudos defletores. Por mais que Fett, Mando e os outros atirassem neles, os disparos de blaster ricocheteavam sem causar danos nos letais droides de guerra. Enquanto isso, os canhões blaster embutidos destruíram a rua avançando em direção à barricada diante do Santuário.

Mando usou seu telescópio para mirar bem no meio do olho vermelho do centro processador de um dos Scorpeneks, e atirou um míssil que lançava uma bola de chamas. Mas, quando a fumaça se dissipou, os droides continuaram vindo.

– Corram! – disse Mando ao povo de Vila Livre. – Nós vamos distraí-los!

Ouviu-se um *TUUUUM!* ensurdecedor enquanto os canhões do droide acertavam o speeder de Vila Livre, reduzindo-o a uma pilha de metal retorcido. Mando e Fett usaram seus jatos propulsores para ir em direção ao céu, pousando no lado contrário dos Scorpeneks para recomeçar o ataque. Fett investiu com o fogo rápido de seu blaster, e Mando sacou o Sabre Negro, mas a lâmina preta não fazia nada contra os defletores.

– Não consigo atingi-los! – disse.

– Esses dois vão destruir a cidade inteira! – berrou Fett.

Mando entendia a situação bem demais.

– Nossas armas de energia não conseguem adentrar o escudo, e nossas armas cinéticas são muito velozes.

– Cuidado! – exclamou Fett e, um segundo depois, o lugar onde estiveram foi obliterado pelos canhões de um droide. – Você pode proteger os outros?

– Posso distraí-los por um tempo – disse Mando. – Por quê?

– Precisamos de reforços – falou Fett.

– De onde? Não temos mais amigos para chamar.

– Proteja os outros! – mandou Boba Fett, disparando para o céu com o jato propulsor.

Grunhindo, Mando correu entre os Scorpeneks, ainda atirando, levando um deles para longe do povo de Vila Livre que fugia. Quando se desviou ao virar uma esquina, viu um droide RIC indo em sua direção, carregando a última pessoa que esperava ver naquelas circunstâncias.

– Mando! – exclamou Peli Motto. Ela estava sentada no cabriolé com seus pit droids pendendo de cada lado. – Rá! Te encontramos! Tenho uma surpresa para você.

– Dê a volta! – gritou Mando.

Ela o olhou, perplexa.

– Quê?

– *Dê a volta!*

Peli olhou para cima e viu o Scorpenek na esquina com os canhões escaldantes.

– Dê a volta! – berrou ela.

O droide RIC girou as rodas e deu uma volta difícil, jogando areia e poeira ao puxar o cabriolé e guinar na direção oposta. Mando atirou de novo contra o Scorpenek, e então se virou para correr atrás do droide RIC, pulando em suas costas.

– Você pode fazer essa coisa ir mais rápido? – perguntou.

– Vai mais rápido, seu balde de parafusos! – gritou Peli, jogando uma chave inglesa contra a cabeça do droide. Com uma exclamação, ele dobrou a velocidade.

O SEGUNDO SCORPENEK PERSEGUIU OS REFORÇOS DE VILA LIVRE, JUNTO com os Mods e Krrsantan pela rua, fazendo a cidade ao seu redor ficar em ruínas.

– Escondam-se! – gritou o bartender Weequay, apontando para os restos parcialmente demolidos de uma casa. Desesperados para escapar, o grupo correu para dentro e se agachou atrás de uma parede.

– A gente precisa parar de fugir! – Drash falou para Jo, que estava do outro lado da entrada. – Precisamos fincar o pé aqui e lutar!

Do lado de fora, o bartender disparou seu rifle cycler contra o droide enquanto Krrsantan atirava com o rifle blaster, mas a artilharia não conseguia fazer nem um único arranhão nos escudos do Scorpenek.

– Recuem! – berrou o bartender. – Eles são maioria!

– Ela disse que deveríamos ficar – Jo disse a ele.

– Bobagem, nós seremos vaporizados. – O Weequay se inclinou sobre a parede com o rifle e tentou atirar outra vez.

– Eu cresci a um pulo de womp daqui – disse Drash – e, se recuarmos mais, ficaremos sem ter onde ir nem lugar para se esconder.

Um jato de chamas zuniu na rua, diante do posto temporário, e o bartender encarou Drash.

– Então vamos morrer aqui?

– Não – disse Drash, disparando sua pistola blaster por cima da parede. – Vamos lutar. – Ela olhou para a sacada acima deles. – Skad, fique firme aqui com o Weequay. Eu vou lá para atirar nele de cima.

– Deixa eu ver essa coisa – disse Jo, e Drash mostrou a ela a pistola blaster que estava segurando. – Com *isso*? – Jo sacudiu a cabeça e se virou para o Weequay. – Taanti, me dá o seu rifle.

O bartender passou o rifle cycler para Jo, que o deu para Drash.

– Boa sorte – disse ele.

– Vamos – falou Jo.

Drash agarrou o cycler, preparando-se para correr.

– Nos deem cobertura – ela disse a Skad, e as duas saíram de lá.

Enquanto os cidadãos de Vila Livre se preparavam para lutar contra o Scorpenek, o droide RIC de Peli Motto adernava pelas ruas da cidade com o Mandaloriano ainda montado no cabriolé, segurando-se na parte traseira.

– Ei, Mando – disse Peli, puxando para trás uma manta no assento ao lado dela. – Olha quem está aqui! – Grogu ergueu o rosto para vê-lo, as orelhas balançando com a brisa.

– Quê? – arfou Mando. – Ei, o que você está fazendo aqui?

Com um arrulho deliciado, Grogu pulou nos braços do Mandaloriano, que o abraçou contra o peito.

– Tudo bem, amiguinho. Estou feliz em te ver também. Eu não sabia quando isso ia acontecer de novo.

A criança gorgolejou para ele, esticando-se para tentar tocar no capacete de Mando.

– É, eu também senti saudade, parceirinho, mas estamos em apuros neste momento. – Mando colocou Grogu de volta no cabriolé do droide RIC. – Tome cuidado. Fica de cabeça abaixada. Esconda-se até a luta acabar. – Ele teve um vislumbre do beskar polido embaixo da túnica da criança. – Ei, é o meu presente. Você recebeu meu presente.

SSSSHUUU! Uma explosão sacolejou o cabriolé.

– Deixem o momento doçura para depois! – berrou Peli. – Tem um droide Scorpenek atrás da gente!

Virando-se, Mando abriu fogo contra o droide que avançava em direção a eles.

– O que ele está fazendo aqui? – Mando perguntou a Peli.

– A Força trabalha de maneiras misteriosas.

Um estampido vindo dos canhões do Scorpenek arrancou a cabeça do droide RIC e o cabriolé virou de ponta cabeça, jogando Mando, Peli e a criança no ar. Ativando o jato propulsor, Mando lançou-se para frente e conseguiu pegar Grogu e aterrissar de costas, protegendo a criança do impacto enquanto rolava para continuar atirando.

Mas não adiantava. O Scorpenek pairou sobre eles, canhões explodindo, e não havia mais para onde fugir. Mando olhou para cima a tempo de ver Peli rolar, cuspir um dente e pegar um blaster. Ela era osso duro de roer, ele tinha que admitir isso. Se esse era mesmo o fim, então não havia companhia melhor para partir.

Então, ouviu o rugido.

TRINTA E DOIS

TODOS OLHARAM PARA CIMA.

Do outro lado da rua, uma mão enorme com três garras se esticou pela ponta de um prédio conforme o rancor içava a si mesmo até aparecer diante de todos.

Enquanto a criatura pairava sobre o droide Scorpenek, Mando olhou para cima e viu Boba Fett escarranchar as costas da besta, segurando suas rédeas. O Scorpenek abriu fogo, e o rancor pulou do topo do prédio e aterrissou no chão, bem na frente do droide. Com outro rugido, começou a macetar os escudos do droide com uma força tremenda e devastadora.

Mando se agachou e colocou Grogu dentro de uma porta.

– Não se mexa. Deixe que eu cuido disso.

Sacando o Sabre Negro, ele foi em disparada até o Scorpenek, movendo a lâmina preta contra a área enfraquecida onde o rancor havia danificado o escudo do droide.

Ele penetrou o escudo, ativou o jato propulsor e lançou-se em direção à cabeça do Scorpenek. Pelo que restava do escudo, conseguiu ver a cara enfurecida do rancor enquanto a criatura continuava a golpear o droide de batalha com toda sua força.

Mando balançou o Sabre Negro, cortando uma das torres de tiro do Scorpenek, mas o droide o interrompeu, virou-se e escalou na direção de Mando, empinando-se para esmagá-lo.

Ao fazer isso, Grogu saiu de seu esconderijo. Fechando os olhos, a criança ergueu uma mão e o Scorpenek congelou bem no meio do ataque. Então, Grogu puxou um pino de articulação da perna do droide. O pino removido voou para longe e golpeou Grogu, que caiu para trás.

A perna desaparafusada do droide sacudiu-se e rangeu, instável, enquanto ele tentava atingir Mando mais uma vez, mas o Scorpenek estava se movendo de forma tortuosa demais para atacar. O rancor caiu na rua e começou a esmurrá-lo com os punhos.

Mando levantou Grogu para protegê-lo, e eles assistiram juntos ao rancor erguendo o Scorpenek, agarrando-o pelos braços que lhe restavam.

– Acabe com ele – ordenou Fett à criatura.

Com um rugido, o rancor estraçalhou a coisa pela metade e o droide explodiu, espirrando partes soltas e estilhaços por todos os lados.

Drash e Jo tinham conseguido escalar até o telhado enquanto o resto dos Mods e o povo de Vila Livre lutavam contra o segundo Scorpenek e os atiradores do Sindicato na rua ali embaixo.

– Você consegue acabar com alguns Pykes? – perguntou Drash.

– Estou acostumada a caçar no deserto – respondeu Jo com um meio-sorriso. – Não tem como errar a essa distância.

Drash assentiu.

– Eu distraio o droide.

Ela começou a disparar contra o Scorpenek com o rifle, e Jo ficou de pé e mirou com cuidado nos atiradores Pyke – acabando com cinco deles em uma série de disparos perfeitos. Quando o Scorpenek girou e mirou nelas, Drash e Jo trocaram olhares de compreensão mútua, e ambas começaram a atirar contra o droide.

De repente, o prédio à esquerda delas explodiu em uma torrente ensurdecedora de tijolos e concreto, e Drash viu uma criatura gigante se arremessando até estar em seu campo de visão. Ela lançou o Scorpenek para o outro lado da rua, onde ele colidiu com um prédio que desabou acima do droide com um forte impacto.

Houve um momento de silêncio, e o prédio arruinado explodiu quando o Scorpenek ressurgiu, rastejando para frente para confrontar o rancor mais uma vez. Ele o empurrou contra um prédio, mas o droide se recuperou, impulsionando as pernas contra o couro da criatura. Investindo contra ele, o rancor agarrou as torres de tiro, e então afundou uma de suas garras no único olho vermelho do droide.

O Scorpenek desabou, e o povo de Vila Livre comemorou quando o rancor pegou o que ainda restava do droide e o jogou contra um prédio, onde as partes explodiram. Ao ver o resultado da batalha, os soldados Pyke que ainda estavam lá deram meia-volta para escapar.

– Continuem atacando! – gritou Mando. – Eles estão fugindo!

O bartender Weequay e os outros saltaram de trás do muro, ainda disparando, e foram atrás dos Pykes na rua. Enquanto isso, Peli pegou um blaster e se juntou a eles, mas a cabeça dela se virou de forma abrupta quando viu o mordomo Twi'lek espiando-a de onde estava escondido.

– Eu não sou uma ameaça! – disse o mordomo de mãos erguidas.

– Bela cauda de cabeça – disse Peli, admirada. – Vai, fique atrás de mim, bonitinho. A Peli te protege.

O Twi'lek pulou para segui-la.

– É um prazer conhecê-la.

– Deixe isso pra depois – grunhiu Peli.

Acima deles, o rancor bradou e rugiu, agarrando os Pykes que ainda estavam lá com suas garras. Esmagou um deles contra um muro e ergueu outro para que Boba Fett, que continuava em suas costas, pudesse acabar com ele. Fett observou enquanto o rancor pegava outro Pyke e enfiava sua cabeça na boca.

Então Fett viu Cad Bane chegar na rua.

Quando o rancor rosnou e se atirou na direção dele, Bane levantou um braço e liberou um jato de chamas contra a cara da fera. O rancor rugiu de dor, recuando de forma violenta o bastante para tirar Boba Fett de suas costas. Conforme Fett caía no chão, Bane lançava mais chamas contra o rancor.

Com um bramido furioso, o rancor se virou e recuou para longe do fogo.

Boba Fett ficou de pé e viu Bane lá, aguardando-o.

– Se manda daqui – Fett falou a ele quando os dois ficaram frente a frente na rua. – E leva essa sua gangue de marginais junto.

– Eu o conheço há muito tempo, Boba. Tem uma coisa que não consigo entender. O que você ganha com isso?

– Esta é minha cidade. Este é o meu povo. Não vou abandoná-los.

O rosto de Cad Bane se contorceu em um sorriso de dentes pontudos.

– Igual aos Tuskens.

– Não brinque comigo – disse Fett. – Não sou mais um garotinho, e você não passa de um velho.

– Ainda sou mais rápido que você.

– Pode até ser, mas tenho armadura agora.

– Vamos ver, então. – Bane jogou o casaco para trás, a mão pairando sobre a pistola. Quando Fett ergueu o rifle, o blaster de Bane já estava fora do coldre e disparando, atingindo Fett e arremessando-o de volta à rua.

– Agora é a hora de você voar pro seu tanque de bacta – rosnou Bane enquanto meneava até Fett.

– Esta é a minha cidade! – disse Fett, pulando para ficar de pé e atacar com o lança-chamas. Bane rolou para longe da mira dele, voltou a se levantar e disparou mais uma vez contra Fett.

– Você se deu uma chance – disse Bane enquanto ia até Fett sem pressa, já que ele estava deitado na rua empoeirada, grunhindo de dor. – Tentou se endireitar. Mas tem o sangue do seu pai correndo nas veias. – O mercenário Duros estava sobre Fett, a forma de seu chapéu e dos tubos de respiração criando uma silhueta fantasmagórica contra os sóis gêmeos. – *É um assassino.*

Ele chutou Fett, tirando o rifle da mão dele.

– Não é a primeira vez que acabo com você em um trabalho – disse Bane, desdenhoso. Colocando a bota sobre a mão dominante de Fett, ele se ajoelhou sobre ele e arrancou seu capacete, expondo seu rosto. – Não precisa ter vergonha.

Fett o encarou, olhando para cima.

– Considere esta minha lição final – disse Bane. – Cuide só de você. – Ele apontou a pistola para o rosto de Fett. – Qualquer outra coisa é fraqueza.

Fett fechou os olhos por um momento e os abriu de novo. Então endireitou-se, veloz, para tirar o bastão gaffi das costas e fazer Cad Bane tropeçar em suas pernas com um único movimento fluido. Quando Bane caiu no chão com um grunhido surpreso, Fett chutou a pistola do mercenário para longe e o encarou, hostil, de cima.

– Eu sabia... que você... era um assassino – disse Bane. Ele moveu o braço para cima para lançar outro jato de chamas, mas Fett se esquivou do ataque com o bastão. Ele ergueu o bastão gaffi e enfiou o canto pontudo no peito de Cad Bane, cravando-o no chão.

Bane arquejou e seu corpo caiu, inerte. Seu chapéu ficou ao lado dele na rua.

Boba Fett deu meia-volta e foi embora.

TRINTA E TRÊS

NÃO MUITO LONGE DALI, OS MODS E O POVO de Vila Livre disparavam com seus blasters contra o rancor, conforme ele continuava a desembestada destruição pela cidade. Rugindo, a criatura parou em cima de um prédio com um speeder na mão. Jogou o veículo contra a multidão, fazendo com que se dispersassem enquanto o Mandaloriano corria pela rua.

– Abaixem os blasters! – berrou. – Parem de atirar!

Com um uivo, o rancor se virou e começou a escalar em direção ao topo de uma torre ali perto com as garras. Seus longos braços o puxavam para cima, enquanto as garras rasgavam pedaços da estrutura, destruindo a torre mais e mais a cada movimento.

Lá embaixo, Mando entregou a criança a Peli.

– Proteja-o.

– E quem vai *me* proteger? – perguntou Peli.

– Tome – disse Mando, entregando para a criança a bola de metal que ele havia pegado da alavanca de controle da *Razor Crest*. – Segure isto. Tudo vai ficar bem.

Lançado para cima pelo jato propulsor, Mando aterrissou em cima das costas do rancor, mas a criatura o tirou de lá e lançou seu corpo contra o teto da torre.

– Calma, garoto – Peli falou para Grogu. – Seu pai é espertinho. – Ela viu o rancor agarrando Mando e enfiando-o na própria boca, seus dentes despencando na direção do capacete do Mandaloriano. – Putz, falei cedo demais.

Disparando o lança-chamas na boca do rancor, Mando se contorceu para sair de seus dentes, só para a criatura arremessá-lo de volta à rua.

Peli agarrou Grogu de forma protetora enquanto o mordomo se agachava atrás dela. Com um estrondo que fez a terra tremer, o rancor aterrissou diante deles. Curvando-se para frente, o monstro abriu a boca e as garras, rugindo contra o rosto de Peli e do mordomo, que gritaram de volta.

Quando o rancor se virou para o corpo caído de Mando, Peli disse:

– Calma aí, garoto. – Ela olhou de relance para baixo e viu que Grogu havia sumido. – Cadê você, hein?

Ela olhou ao redor e viu que a criança estava bamboleando no meio da rua para ficar diante do Mandaloriano. Grogu olhou para o rancor, cujo bramido retumbante assoprou as orelhas da criança para trás com a força de seu hálito.

Grogu ergueu uma mão lentamente na direção da fera. Pouco a pouco, o rancor ficou mais calmo e começou a abaixar a cabeça na direção da rua enquanto seus olhos se fechavam. Um segundo depois, começou a roncar. Esticando o braço, Grogu tocou na cabeça da enorme criatura. Então, deitou-se ao lado dela, exausto pelo esforço de fazê-la dormir.

Peli foi até o Mandaloriano e o ajudou a ficar de pé enquanto os dois olhavam para o rancor e a criança.

– Acho que não vai rolar um churrasco – disse ela.

TRINTA E QUATRO

Dentro do Escritório de Estudos do Deserto, o chefe Pyke resumiu seus planos para os outros membros das famílias.

– As forças do Sindicato se retiraram de Mos Espa – disse ele –, e logo devem chegar aqui em Mos Eisley para podermos desembarcar.

– Não pode fugir desse jeito – disse o líder de uma das facções. – Nós também perdemos soldados.

– Tínhamos um acordo – acrescentou Dokk Strassi.

– Nosso acordo era que Tatooine seria um local hospitaleiro para fazermos negócios – o Pyke os lembrou com a voz tensa. – Metade dos meus homens levou um tiro ou foi devorada por um rancor. É isso que vocês chamam de hospitaleiro?

Disparos distantes interromperam a discussão, e as pessoas na sala pararam para olhar para cima.

– Guardas! – ordenou o chefe Pyke, mas não houve resposta.

Todos levantaram em um pulo, com as armas em riste. Antes que tivessem outra reação, uma série rápida de disparos de blaster acabou com cada um deles, deixando apenas o chefe Pyke e Mok Shaiz. Um nó de forca deslizou até eles, vindo de cima, e rodeou o longo pescoço do prefeito, arrancando-o do chão para deixá-lo pendendo do teto.

Sozinho e arquejando de medo, o chefe Pyke disparou de forma aleatória contra o teto, então parou e ouviu. Um instante depois, arfou quando a lâmina assassina apunhalou suas costas. Ele caiu para frente e desmoronou no chão.

Fennec Shand se ergueu atrás dele. Ela olhou rapidamente para os cadáveres espalhados no chão e correu para a porta.

TRINTA E CINCO

A PAZ HAVIA VOLTADO A MOS ESPA. ENQUANTO naves civis chegavam e partiam do espaçoporto, Boba Fett e Fennec Shand andavam pelas ruas da cidade, ouvindo o som da reconstrução. As pessoas levantavam o rosto ao ver Fett passar, fazendo reverências de respeito e gratidão.

Assentindo de volta, Fett fazia um gesto com seu braço na postura tradicional de boas-vindas e estremecia de dor. Ainda estava se recuperando da batalha mais recente.

– Por que precisava ser o braço direito? – murmurou.

– Você deveria passar um tempo no tanque de bacta – disse Fennec.

– Ele está ocupado. – Fett assentiu para um grupo de operários que parou o trabalho para fazer uma reverência. – Por que todo mundo tem que ficar me fazendo reverências?

– É melhor do que levar tiros.

Fett pareceu perplexo.

– Essas são minhas duas únicas escolhas?

– Se comanda uma cidade, sim – disse Fennec. Um grupo de crianças foi até eles para oferecer meiloorun, e Fett pegou uma das frutas.

– Obrigado – disse e, quando as crianças foram embora correndo, ele se virou para Fennec. – Não fomos feitos para isso.

– Se não formos nós, quem vai ser?

Antes de ele responder, Fett viu Krrsantan e os Mods restantes se aproximando. Fett jogou o meiloorun para o Wookiee, que o pegou e deu uma mordida com vontade.

– Então, o Wookiee ganha um melão e nós não? – perguntou Skad.

Fennec olhou para cima para ver o ex-gladiador.

– Krrsantan, quer compartilhar?

O Wookiee grunhiu, e os outros deram risada no meio da rua. Estava começando a fazer um dia bem bonito.

TRINTA E SEIS

NAVEGANDO NO ESPAÇO PARA LONGE DE Tatooine, o Mandaloriano ouviu batidinhas familiares vindas da cúpula atrás dele, onde Grogu estava sentado em seu assento customizado.

– Não – disse.

Ouviu as batidinhas mais uma vez, agora mais insistentes, conforme Grogu batia sua bola metálica contra o vidro.

– Nah-hã – disse Mando.

Toc, toc, toc.

– Não.

Toc, toc, toc, toc!

Com um suspiro, Mando se virou para olhar para o rosto enrugado e os enormes olhos pretos que brilhavam para ele com expectativa.

– Tá bom. Mas é a última vez.

Ele se esticou até o console do N-1 e ligou um interruptor. A criança deu gritinhos, deliciada, as mãos no ar, quando a nave acelerou na velocidade mais rápida e lançou para trás Grogu em seu assento.

Um instante depois, eles tinham desaparecido.

NA SALA TRASEIRA DO PALÁCIO DE BOBA, COBB VANTH ESTAVA DEITADO no tanque de bacta, imerso e recuperando-se de seus ferimentos. Levaria tempo para melhorar, e alguns reparos cibernéticos precisariam ser feitos.

Parado perto do tanque, o Modificador começou a preparar suas ferramentas.

Boba Fett, exausto e ferido, escapa do poço do sarlacc.

Fett é capturado por Incursores Tusken,
que depois o acolhem em sua tribo.

Boba Fett mostra ao Povo da Areia como se defender contra o criminoso Sindicato Pyke.

Os Pyke destroem a tribo dos Tusken, mas Fett acredita que a gangue Nikto é a responsável.

Boba Fett se une à mercenária Fennec Shand para reaver sua nave no palácio de Jabba, o Hutt.

Juntos, Fett e Fennec tomam o trono de Jabba para si.

Os gêmeos Hutt afirmam que o antigo território de Jabba é deles por direito, mas Boba Fett discorda.

Depois de fracassarem em tentar matar Boba Fett, os Gêmeos o presenteiam com um rancor.

Garsa Fwip, dona do Santuário, irrita o Sindicato ao cooperar com Boba Fett.

Enquanto isso, o companheiro Mandaloriano Paz Vizsla desafia Mando a lutar pelo Sabre Negro.

Peli Motto conserta um caça estelar de Naboo para substituir *Razor Crest*, a nave de Mando.

O Mandaloriano tenta visitar Grogu, mas a antiga Jedi Ahsoka Tano ordena a ele que vá embora, pelo bem de Grogu.

Grogu não está nem um pouco interessado no treinamento Jedi.

Luke Skywalker faz Grogu escolher entre voltar para o Mandaloriano ou completar o treinamento para se tornar um Jedi.

Cad Bane é um caçador de recompensas letal que trabalha para os Pykes.

Boba Fett pede para Mando se juntar a ele e Fennec contra o Sindicato Pyke.

Boba Fett consegue ajuda dos Mods, uma gangue de grav scoots de Mos Espa.

Os Pykes atacam! Boba Fett e o Mandaloriano lutam lado a lado.

Krrsantan, o antigo gladiador Wookiee, luta por Boba Fett e seus aliados.

Grogu chega usando a armadura de beskar que Mando fez para ele. O clã de dois se reúne novamente.

Boba Fett luta contra os droides Scorpenek, montado nas costas de um rancor!

Depois da fúria do rancor, Grogu usa a Força para fazer a criatura dormir.

Boba Fett derrota Cad Bane e conquista a paz em seu território.